全民阅读·经典小丛书

[宋]苏轼等◎著

冯慧娟◎编

最美的词

吉林出版集团股份有限公司

图书在版编目（CIP）数据

　　最美的词 / (宋) 苏轼等著；冯慧娟编 .— 长春：吉林出版集团股份有限公司，2015.6

　　（全民阅读 . 经典小丛书）

　　ISBN 978-7-5534-7564-6

　　Ⅰ . ①最… Ⅱ . ①苏… ②冯… Ⅲ . ①词（文学）—作品集—中国 Ⅳ . ① I222.8

　　中国版本图书馆 CIP 数据核字 (2015) 第 119894 号

ZUI MEI DE CI

最美的词

作　　者：(宋) 苏轼　欧阳修　等著　冯慧娟　编

出版策划：孙　昶

选题策划：冯子龙

责任编辑：王诗剑　孙骏骅

排　　版：新华智品

出　　版：吉林出版集团股份有限公司

　　　　　（长春市人民大街 4646 号，邮政编码：130021）

发　　行：吉林出版集团译文图书经营有限公司

　　　　　（http://shop34896900.taobao.com）

电　　话：总编办 0431-85656961　　营销部 0431-85671728

印　　刷：三河市延风印装有限公司

开　　本：640mm×940mm 1/16

印　　张：10

字　　数：130 千字

版　　次：2015 年 7 月第 1 版

印　　次：2018 年 5 月第 4 次印刷

书　　号：ISBN 978-7-5534-7564-6

定　　价：18.00 元

印装错误请与承印厂联系　　电话：010-80270005

最美的词

　　词是中国传统文学的重要形式之一，约萌芽于唐代中期，兴于晚唐五代而极盛于两宋。

　　词的特点是句式长短不一，押韵变化多端，形式上与传统诗歌迥然不同。从广义上来说，词本属诗的一种，后来由于受到音乐的影响，逐渐与诗分庭抗礼。唐代白居易、刘禹锡等大诗人写的一些词，风格朴素自然，洋溢着生活气息，是唐词中不多的亮点。词风绮艳的唐朝词人温庭筠和五代"花间派"，对词的发展也有一定贡献。南唐后主李煜被俘入宋后写的词，深沉婉转，语句清丽，音韵和谐，开创了一个新的艺术境界。

　　到了北宋，柳永和苏轼在词的创作上取得了重大突破，为宋词的鼎盛打下了基础。他们所分别代表的"婉约派"和"豪放派"也成为了宋词的两大基本派别。婉约词多写男女恋情、离愁别绪、光景流连等，风格大都典雅柔婉、情景交融。自北宋中期的苏轼起，词开始从花前月下走向更广阔的天地，境界大为拓展。婉约、豪放两派的存在，使两宋词坛呈现双峰竞秀的繁荣气象。

　　词虽在长期发展中逐渐和音乐分离，但从其字里行间，仍能感受到音乐韵律之美，或缠绵婉转，或慷慨激昂，或沉郁顿挫。在本书中，编者精选了唐五代十国、两宋、明清和现代最具影响力及认知度最高的近百首词，期望广大读者朋友能从中感受到词独特的格调和韵律之美。

最美的词

目录

最美的词

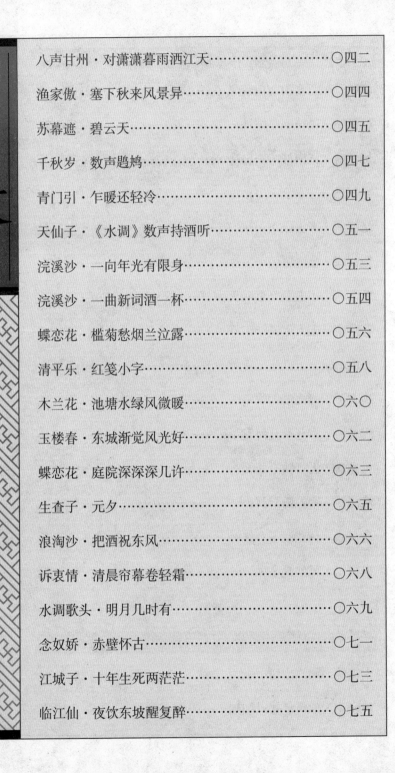

目录

最美的词

目录

最美的词

目录

最美的词

目录

最美的词

唐五代十国

渔歌子·西塞山前白鹭飞

唐·张志和

西塞山前白鹭飞，桃花流水鳜鱼肥。

青箬笠，绿蓑衣，斜风细雨不须归。

【译文】

西塞山前，白鹭嬉戏飞翔，桃花尽情绽放，流水咕咕有声，水美鳜鱼肥。

身披绿色蓑衣，头戴青青斗笠，在微风细雨中的垂钓者并不急着回家。

【赏析】

这是张志和的组词《渔歌子》中的第一首，是其中最出名的一首。张志和，字子同，唐肃宗时金华人，自号玄真子。他16岁时举明经，后待诏翰林，因事被贬官，赦还后隐居，自号"烟波钓叟"。他擅长音乐、书画，有《玄真子》传世。本词描绘了优美安静的江南水乡的春景，寄情于景，表现了词人对这种闲适生活的热爱，寄托了词人"乐山乐水"的超然情怀。

词的第一句写明了地点，西塞山前，白鹭翻飞，表现一种自由、无拘无束的场景。第二句写桃花、春水、鳜鱼，表现水美鱼肥的江南水乡春景。桃花灿烂，春意浓；鳜鱼戏水，春水欢，突出了渔翁生活的悠闲、自由。后面三句，词人借写渔人写自己，春风化雨，烟雨迷蒙的奇景让他流连，不肯归去，突出了他淡泊名利、崇尚山水之乐的人生态度。这首词选用青山、白鹭、春雨、桃花、鳜鱼、春水等意象，勾勒出一幅悠然淡远的江南春景图，体现了词人超凡脱俗的品性，格调很高，

渔歌子·西塞山前白鹭飞

是历代题咏渔父词中的名篇。

忆秦娥·箫声咽

唐·李白

箫声咽，秦娥梦断秦楼月。秦楼月，年年柳色，灞陵伤别。

乐游原上清秋节，咸阳古道音尘绝。音尘绝，西风残照，汉家陵阙。

【译文】

箫声啊如此幽咽，让人听了无比惆怅，梦中惊醒的女子在秦楼上只看到了天上的一钩残月。如此的凄凉幽若，纵然灞陵上的柳色年年依旧，可离去多年的人久久未归，让人怎能不想起当年的离别情景。

乐游原上又到了重阳登高的节日，然而咸阳古道上车马稀疏，亲人杳无音信。只有秋风瑟瑟，落日残阳，映照着汉朝帝王的陵墓。

【赏析】

这是一首怀古托今的词。作者李白，字太白，号青莲居士，唐代伟大的浪漫主义诗人，祖籍陇西成纪（今甘肃秦安东），生于碎叶城（当时属安西都护府，今巴尔喀什湖南面的楚河流域），后迁居四川。

此词气势浑厚，表现了极其深远的意境。词的上半部分描写春天的黎明，梦中惊醒的秦地女子望着明月垂柳回忆当年的离别景象。这部分描写景物，体现了词的柔和之美。下半部分转而写到了秋天登高时节，女子睹物伤怀，感慨世事变迁。当年繁华一时的地方现在却如此的荒凉。而女子从春到秋无时无刻不在思念离别的亲人。这部分意在感叹，体现了这首词雄浑壮美的一面。在词人所描绘的整个画面中，我们可以清楚地感受到女主人公的多情及词人对国家兴亡的慨叹。

忆江南·江南好

唐·白居易

江南好，风景旧曾谙。
日出江花红胜火，春来江水绿如蓝。
能不忆江南？

【译文】

江南是个好地方，我很熟悉那里美丽的风光。日出时，江边的红花颜色鲜艳胜过火焰；春天来时，江水绿如蓝草。能不想念江南？

【赏析】

白居易，唐代诗人，字乐天，号香山居士。他曾做过杭州刺史和苏州刺史，本词是他回忆江南生活时所写的三首词中的一首。

词人用寥寥数语便写尽了江南风景，文字功底之深厚可见一斑。自古写江南景多写花、树、虫、鸟，然而词人独辟蹊径，从"江"着手，以小见大，用两个绝妙的比喻"红胜火"和"绿如蓝"，使读者形成强烈的视觉冲击，将江南春江美景渲染到极致。

白居易笔下的江南春景色彩艳丽，对比强烈。红日初升，染红了江面、江花；江水微动，碧波荡漾，水色胜蓝草。短短两句便叫人难以忘怀美丽的江南景色。

所以，最后词人情不自禁地说："能不忆江南？"以反问结尾，并照应了第一句的"江南好"。正因为"江南好"，所以才不断地"忆"，表达了词人对江南生活的怀念。

长相思·汴水流

唐·白居易

汴水流，泗水流，流到瓜洲古渡头。吴山点点愁。

思悠悠，恨悠悠，恨到归时方始休。明月人倚楼。

【译文】

汴水和泗水一样永远不停地流淌，一直流到瓜洲的渡口与长江汇合。吴山似乎也凝聚了无限的哀愁。

思念和怨恨啊，都是如此的深，无限的怨恨在他归来的时刻才能止住。明月下我们倚靠在楼旁尽诉衷肠。

【赏析】

此词是一首怀念远方情人的抒情之作。词的上半部分写眼前的流水引发了词人的感想。汴水和泗水一直流到瓜洲（今江苏邗江县）的渡口与长江汇合，吴山似乎也凝聚着无限的哀愁。词人此刻思念远在吴地的情人，希望她能够早日归来与他团聚。然而这泗水和汴水一去不返，让他想到也许自己的情人也和江水一样再也不会回来了。词的下半部分直接抒发词人的情感。情人恐怕再也不会归来，而词人却是一片痴情。两个"悠悠"更是写出了词人的用情至深。词的最后一句"明月人倚楼"所表现的情境更是意味深长，像是回忆过去，又像是憧憬未来。

这首词短小精悍，却富有节奏，淋漓尽致地表达了词人的相思之情。词牌名"长相思"也与词的内容紧密相联，相互照应。

忆江南·春去也

唐·刘禹锡

春去也。多谢洛城人。

弱柳从风疑举袂，丛兰裛露似沾巾。独坐亦含颦。

【译文】

春天转眼逝去。她向爱惜春天的洛阳人表示感谢，依依不舍地告别。

忆江南·春去也

最美的词

柔柔的柳枝在风中飘动，就好似少女挥动衣袖；香兰沾着露珠闪耀晶莹的光,就好似少女垂泪沾巾。独自看着匆匆而过的春天，不禁蹙眉感伤。

【赏析】

此词为"和乐天（即白居易）春词，依《忆江南》曲拍为句"。作者刘禹锡，字梦得，生于嘉兴（当时属苏州），哲学家、文学家、著名诗人，有"诗豪"之称。

这首词用拟人的手法，把春天描绘成一个少女、一个眷恋惜春的人，而惜春的人对春天是依依不舍的。词中描写弱柳、丛兰，增添了词所表达的美好意境，令人回味。末尾又以人惜春、恋春结束，加强了整首词的感情色彩。词人构思精妙，描写手法灵活自如，词虽短小，却足见其别致新颖。

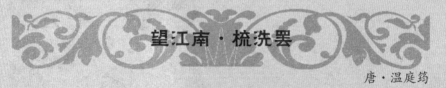

望江南·梳洗罢

唐·温庭筠

梳洗罢，独倚望江楼。

过尽千帆皆不是，斜晖脉脉水悠悠。肠断白萍洲。

【译文】

梳洗完毕，一个人倚靠在望江楼上凭栏远眺。

江面上划过的千只船都非你所乘，夕阳带着余辉含情脉脉地看着默默不语的江水。江中孤独的白萍洲更让人愁肠寸断。

【赏析】

本词乃是描写闺情之作。作者温庭筠，花间词派的代表人物之一，有"花间鼻祖"之称。其诗词多工于体物，设色丽，有声调、色彩之美，辞藻华丽，不过也有清新、明快之作。

　　这首词用简洁的语言表现词中人丰富的内心活动，从而刻画了一名望夫归来的思妇形象。第一句写思妇怀着欢快的心情梳洗完毕，登高远望，等候情郎归来。"独"字将思妇的内心世界和生活状况表现得淋漓尽致，也为其后面情郎未归的失落作了铺垫。

　　"过尽千帆皆不是"是作品情感发展的转折点。思妇望眼欲穿，但是已过了千只帆船，却仍不见情郎踪影。从早等到晚，夕阳西下，残留

望江南·梳洗罢

的余辉照耀着静静流淌的江水。夕阳和江水似乎都感受到了思妇的失望和愁苦，因而沉默不语。"脉脉"、"悠悠"将思妇内心的愁苦惆怅表露无遗。

"肠断白苹州"是全词感情发展的最高潮。思妇把视线从"千帆"、"斜晖"和江水那里收拢回来，集中在"白苹洲"上，那是她当初同爱人分手的地方，当然更是使她因相思而愁肠寸断之地。悠悠的江水便是流不尽的愁，白苹洲更有数不尽的忧。至此，一个失望、落寞、愁苦的思妇形象已跃然纸上。

菩萨蛮·小山重叠金明灭

唐·温庭筠

小山重叠金明灭，鬓云欲度香腮雪。懒起画蛾眉，弄妆梳洗迟。

照花前后镜，花面交相映。新帖绣罗襦，双双金鹧鸪。

【译文】

早晨醒来，蛾眉有深有浅，额黄有明有暗。耳边的乱发披在雪白的脸上。懒洋洋地起床，画一画眉毛，慢慢地整理衣裳，梳洗妆扮。

用两面镜子一前一后地照照头发上新插的花，人面、红花交相辉映，美不胜收。穿上新的衣服，却一眼看见上面绣着一对儿金鹧鸪。

【赏析】

本词是写闺中少女孤寂愁苦之作，风格香艳绮丽、妩媚含蓄。

词的上阕写女子初醒时的慵懒模样：退了色、走了样的眉晕、额黄和乱发，都是隔夜残妆。起床后慵懒地画着蛾眉，慢慢地梳洗、穿衣，词人把这种漫不经心表现到了极致。

菩萨蛮·小山重叠金明灭

　　下阕写女子的妆扮过程，以反衬手法，表现了少女的内心世界，也揭示了上阕所写的慵懒的原因：因为情郎不在身边，心中愁苦。所谓"女为悦己者容"，既然情郎不在，何必那么积极地妆扮呢？连金鹧鸪

菩萨蛮·人人尽说江南好

都成双成对，自己却形单影只，美丽的容颜也无人欣赏，孤独、落寞、愁苦之情表露无遗。

　　这首词的点睛之笔是"双双"二字，它是上阕的"懒"和"迟"的根源。

菩萨蛮·人人尽说江南好

唐末五代·韦庄

人人尽说江南好，游人只合江南老。春水碧于天，画船听雨眠。

垆边人似月，皓腕凝霜雪。未老莫还乡，还乡须断肠。

　　人们都说江南是多么的美好，劝说游人应该在江南终老。春水碧蓝胜过天空，躺在饰有图画的小船上，休闲地听着细雨入睡。

　　酒铺中还有如月般光彩的卖酒女郎，双手白净如雪。没有衰老的游子啊，千万不要回乡，回乡后看到人们背井离乡更会使你愁肠寸断。

【赏析】

　　这首词借写江南之景抒发对乱世的感慨。作者韦庄，字端已，京兆杜陵（今西安）人，唐初宰相韦见素后人，为人疏旷不拘，任性自用。他的词语言清丽，多用白描手法，善于写闺情离愁和游乐生活，往往情景交融，引人入胜。

　　词的开篇两句与结尾两句直接抒发词人的感情。首尾相呼应，富有韵味。人人都说江南美好，向往江南，而饱受漂泊之苦的作者对江南也有同样的情感。中间的四句，作者直接描写江南的美景、美人。描写细致明朗，让人可以清楚地感受到作者想要表现的画面，犹如身临其境。纵然江南如此美好，但作者仍想归乡，只是在"老"之前暂不还乡。此处婉转地表达了作者思乡的哀伤之情。唐圭璋在《唐宋词简释》中评道：此首写江南之佳丽，但有思归之意。

巫山一段云·古庙依青嶂

唐末五代·李珣

　　古庙依青嶂，行宫枕碧流。水声山色锁妆楼，往事思悠悠。
　　云雨朝还暮，烟花春复秋。啼猿何必近孤舟，行客自多愁。

【译文】

　　巫山神女古庙座落在苍青的高山脚下，皇帝的行宫与碧绿的流水相伴。流水的声音和青山的颜色紧锁着宫女们的梳妆楼，过去的事啊令人思绪绵绵。

　　能够朝云暮雨的神女已经不在，而自然界美丽的景物还在不断变换。啼猿啊你为何还要靠近游子的孤舟，他已经被无情的往事折磨得苦不堪言！

巫山一段云·古庙依青嶂

　　这首词主要写皇帝宫女住过的行宫楼台，从而引发词人感慨。作者李珣，生卒年月不详，字德润，生长于梓州（今四川三台县），年少时就有诗名，工于词，是"花间派"重要词人之一，今存词50余首，载于《花间集》及《樽前集》。

　　词的上半部分主要描写了古庙、青山、行宫、楼台这些景物。由此作者联想到了千年以前的往事，这让他思绪绵绵，感慨颇深。那么，他究竟有什么样的感慨呢？词的下半部分有所回答。朝云暮雨的神女已经不在，世上万物都在不断变化。千年之间，经历了多少王朝更替、国破家亡。作者处在乱世，自然能够更加深刻地体会到国破家亡的悲痛。词的最后两句，啼猿的哀嚎也增添了他的"愁"，使他内心更加悲哀。

生查子·春山烟欲收

唐末五代·牛希济

春山烟欲收，天淡稀星小。
残月脸边明，别泪临清晓。
语已多，情未了，回首犹重道：
记得绿罗裙，处处怜芳草。

【译文】

　　远处的青山在烟雾缭绕中渐渐变得明朗，灰蒙蒙的天上也只有几颗稀疏的星星。天边的残月散发的光芒照在了她的脸上，离别的眼泪也在清晨阳光的照射下闪着晶莹的光。

生查子·春山烟欲收

虽然已经诉说了很久很久，却还是道不尽相思之情，离别时刻又想诉说衷肠。相思无限，看到碧绿的青草，就会想起身穿绿罗裙的她。

【赏析】

这是一首离别词。作者牛希济，陇西（今甘肃陇西县）人。他的词均清新自然，无雕琢之气。

词的开头首先描写晨曦的景色，青山、薄雾、残月、稀星，真真切切，以景衬情。接着描写残月映照恋人的脸，她的脸上闪着晶莹的泪珠，这一情景自然而然地表现出了情侣之间离别之时的痛苦。虽然两人彻夜诉说衷肠，但还是道不尽相思苦，到了分别的时刻更感到难舍难分。而这一刻也深刻地印在了爱人的心里，让他无论走到哪里，看到碧绿的青草，就会想起穿着绿罗裙的恋人。感情真挚，侵人心怀。栩庄《栩庄漫记》评道："记得绿罗裙，处处怜芳草"，词旨悱恻温厚，而造句近乎自然。岂飞卿辈所可企及？"语已多，情未了，回首犹重道"，将人人共有之情，和盘托出，是为善于言情。

虞美人·春花秋月何时了

南唐·李煜

春花秋月何时了，往事知多少。小楼昨夜又东风，故国不堪回首月明中。

雕栏玉砌应犹在，只是朱颜改。问君能有几多愁，恰似一江春水向东流。

【译文】

春花秋月何时才到尽头？往事难以计数。小楼昨晚又刮起东风，而今明月照人，又勾起了我对故国思念。

精雕细琢的栏杆和白玉所砌的台阶应该还在，只是宫女们的容颜早已改变。问我能有多少愁，看看那滚滚东流的一江春水，你就知道了。

【赏析】

据说这是南唐李后主的绝命词。李煜，五代十国时南唐的末代皇帝，世人称李后主。他擅长诗词歌赋，疏于政事，因此于975年被俘虏到汴京。这首词写于李后主被俘两年后，词中抒发了其亡国之痛和对故国的思念。

词的上阕以一个问句开始，"春花秋月"人们多认为是美好的，词人却企盼它早日了却；小楼"东风"带来的是春天的信息，却反而引起词人"不堪回首"的嗟叹。因为它们都引发了词人物是人非的感触，衬托出他囚居异邦之愁，因此用以描写由珠围翠绕、烹金馔玉的南唐国主一变而为长歌当哭的阶下囚的词人的心境，真切而又深刻。

词的下阕承接上文的"回首"，以"雕栏玉砌应犹在，只是朱颜改"开始。"朱颜"指的是故国宫中的宫女。词人感慨，故国宫殿楼台依旧，只是物是人非，宫女们的容颜早已改变。这一句是对故国的缅怀和对往事的追思，无情的现实让词人对故国、对世事大发感慨，国破家亡的愁苦越积越多，终于在一个设问句中迸发出来："问君能有几多愁，恰似一江春水向东流。"这一句是以水喻愁的名句，含蓄地显示出愁思的连绵不断，无穷无尽，彰显了词作的艺术魅力。

全篇感情充沛，结尾自问自答，使得整个词作结构紧凑，极大地提高了作品的艺术表现力。

相见欢·无言独上西楼

南唐·李煜

无言独上西楼，月如钩，寂寞梧桐深院锁清秋。

剪不断，理还乱，是离愁，别有一般滋味在心头。

相见欢·无言独上西楼

最美的词

　　默默地独自登上西楼，天幕上挂着如钩的月亮，月色清寒，梧桐树寂寞地矗立在深深的庭院之中，秋天已到。

　　离愁别绪想剪剪不断，想梳理却更加凌乱。这些愁思整日缠绕心头，别有一番滋味。

【赏析】

　　这首词是李后主的又一传世名篇。李后主的词曲创作以南唐灭亡为界，分为前后两个阶段，前期主要是描写宫廷生活；后期偏重抒发去国离乡之痛。这首词是他后期之作。

　　第一句"无言独上西楼"表现的是一个人的孤独、凄凉，"无言"并非真的无言，而是无人可言。"无言"、"独上"背后是词人深深的愁苦。接下来两句，寓情于景。登上西楼，想东望故国，却望见如钩的月儿。月如钩，月色本已冷清，再加上孤零零矗立在深院中的梧桐，寂寞、凄凉之感顿生，从而加深了词人的愁苦。词人以"西楼"、"残月"、"梧桐"、"深院"为意象，寄托哀思，虽然只是疏笔勾勒，但却成一副非常凄美的图画，而且背景极为广阔，读之如身临其境。正如王国维在《人间语话》中所评："一切景语皆情语。""剪不断"三句将抽象的愁苦具体化、物质化。词人通过比喻使这种愁情变得具体可感，而且表达得如此贴切、自然，以至成为千古名句。"别是一番滋味在心头"又用了一个比喻，写离愁的另外一个境界，即人对它的具体感受，这种滋味只可意会，不可言传。这些比喻的运用把全词的意境渲染到了极致。

　　整首词浑然天成，仅用三十六个字便将词人离愁的愁人、缠人写得如此深刻，凄凉、寂寞、孤独的心情表露得如此生动，感人至深，催人泪下。宋朝黄升在《花庵词选》中称："此词最凄惋，所谓'亡国之音哀以思'是也。"

浪淘沙·帘外雨潺潺

南唐·李煜

帘外雨潺潺，春意阑珊。罗衾不耐五更寒。梦里不知身是客，一晌贪欢。

独自莫凭栏，无限江山。别时容易见时难。流水落花春去也，天上人间！

【译文】

帘外大雨滂沱，雨声潺潺，春意渐尽。只盖罗衾已耐不住五更时的寒冷。只有在梦中才能忘了自己是阶下囚，贪得片刻的欢愉。

傍晚，一个人凭栏远望，旧时山河无限远。离开它容易，要想再见它却是非常困难。流水和落花都随着春天逝去，曾经天上，而今人间！

【赏析】

本词是李后主后期词作中的佳品，写于他被囚于宋都汴京期间。词中有词人对故国的怀念之情，也有对过去时光的追忆之情，反映了他去国离乡、沦为阶下囚的悲凉心境。

词的上阕运用倒叙的修辞方法，以"春寒"、"梦醒"、"梦欢"烘托现实的残酷和词人的孤苦凄凉，怀念过去的时光正是因为现实的不如意。春天渐尽，雨声潺潺，伤春、惜春之意表露无遗，词人内心凄凉，却无人可以倾诉。"梦里"两句，用梦中情景反衬现实，以欢衬

浪淘沙·帘外雨潺潺

悲，其情令人垂泪。梦与现实的强烈反差带给词人深深的痛苦：身为阶下囚、笼中鸟，其苦谁知？唯有独自品味。

词的下阕以"独自莫凭栏"起笔，透露出词人心怀故国之情。"莫"，即暮，点明时候，指暮色渐浓，和整首词的意境相合，萧瑟、凄凉之意弥漫开来。"别时容易见时难"——"别时"，指当初投降被俘，辞别故都，被押往汴京之时；"见时"，指现在囚禁汴京，思念故国，欲再重见旧地之时。前者"容易"后者"难"，在这一易一难的鲜明对照之中，蕴含着词人对故国深深的情思，夹杂着词人的伤心和悔恨！最后两句，词意凄绝，充溢了无可奈何的情绪。这里词人以生动的比喻，进一步把集合着悲凉、痛苦、伤心、悔恨，交织着绝望与希望的感情推向高潮，"天上"、"人间"形成强烈对比。

这首词直抒胸臆，感情真挚，把词人国破家亡之痛、被囚之苦表现得淋漓尽致。王国维在他的《人间词话》中评价："语语沉痛，字字泪珠，以歌当哭，千古哀音。"

乌夜啼·林花谢了春红

南唐·李煜

林花谢了春红，太匆匆，无奈朝来寒雨晚来风。

胭脂泪，相留醉，几时重，自是人生长恨水长东。

【译文】

林花开始凋谢，美好的春光归去是如此匆匆，无奈啊，早晨下着寒雨，晚上又刮着凉风，林花怎能不凋谢？

女子脸上挂着眼泪，想要留住春花，迷茫啊，已有多少次这样的感情，人生本来长恨绵绵无期，就像江水一直向东流。

【赏析】

　　词中描写了惜春之人对春光的无比眷恋，也饱含着作者对过去身为国君时度过的美好时光的眷恋之情。

　　春花凋谢本是一件很平常的事，但作者却感叹说 "太匆匆"。如此美好的事物为什么就匆匆地结束了呢？原来是遭到了晨雨凉风的摧残。而这就像作者的命运，好端端的南唐迅速衰亡了，自己也成为阶下囚，转变是如此之快，真是 "太匆匆"。而这也是有缘由的，国家的迅速灭亡来自于外部的侵犯，虽然自己感到惋惜、痛苦，但又无力阻挡，深感无奈。词的下部分写惜春之人，她对美好的春花留恋得如痴如醉，不忍春天这么匆匆离去。这也表现了作者对过往美好时光的留恋，然而自己无力回天，只能任它逝去，感慨无限。最后一句 "自是人生长恨水长东"，直接抒发了作者心中的感慨，人生当中总是存在这种缺憾，避免不了。

谒金门·风乍起

南唐·冯延巳

　　风乍起，吹皱一池春水。闲引鸳鸯芳径里，手挼红杏蕊。

　　斗鸭阑干独倚，碧玉搔头斜坠。终日望君君不至，举头闻鹊喜。

【译文】

　　一阵春风吹来，水面上荡起层层涟漪。她百般聊赖地逗弄着成对嬉戏的鸳鸯，手中揉搓着艳丽的杏花。

　　独自倚立在鸭池旁边，头上的玉钗也已经歪斜。每天都盼望着夫君归来，可就是等不到，喜鹊一叫让她高兴不已——以为夫君归来了。

【赏析】

　　这是一首闺怨词。以闺怨为主题的词数不胜数，而冯延巳的这首词广为传颂，尤其是词的第一句"风乍起，吹皱一池春水"，堪称经典之句。

　　作者首先描写春天的美景，以景衬情。"皱"字表面上写池水的变化，实则点出了闺中少妇内心的变化。春色撩人，而美人内心却十分

谒金门·风乍起

惆怅，只能无聊地逗着鸳鸯，揉着杏蕊。词的下部分更是揭示了她内心的感情——孤独、寂寞、痛苦。一个爱美之人，发髻却是乱的，独自倚着栏杆，内心思绪悠悠、漫不经心。她忽然听到了喜鹊的叫声，甚是欢喜，以为是夫君归来。"喜"字正表达了她急切盼望夫君归来的心情，乃点睛之笔。

两宋

雨霖铃·寒蝉凄切

北宋·柳永

寒蝉凄切，对长亭晚，骤雨初歇。都门帐饮无绪，方留恋处，兰舟催发。执手相看泪眼，竟无语凝噎。念去去千里烟波，暮霭沉沉楚天阔。

多情自古伤离别，更那堪、冷落清秋节。今宵酒醒何处，杨柳岸，晚风残月。此去经年，应是良辰好景虚设。便纵有千种风情，更与何人说。

【译文】

秋后的知了叫得那样凄凉悲切，面对长亭，正是傍晚时候，一场急雨刚刚停歇。在京都城门外设帐置酒饯行，饮酒时无精打采，没有情绪，难舍难分之际，艄公催着要开船启程。紧拉着手互相对看，满眼泪花，直到最后也无言相对，千言万语都噎在喉间说不出来。想到这回去南方，千里迢迢，一片烟波，那雾气沉沉的楚地天空一望无边。

自古以来多情人最伤心的是离别，更何况又碰着这冷落凄凉的清秋时节，人哪能经受得了！谁知我今夜酒醒时身在何处？怕是只有杨柳岸边，凄厉的晨风和黎明的残月了。这一去要长年相别，料想即使遇到好天气、好风景，也都统统如同虚设。纵然有满腹的情意，又再同谁诉说？

【赏析】

雨霖铃原是唐教坊名曲。相传，唐玄宗为避安史之乱入蜀，当时连日下雨，他在栈道中听到铃声，为哀悼杨贵妃，故作此曲。柳永后将此用为词调，亦名《雨霖铃慢》。

雨霖铃·寒蝉凄切

本篇抒写离情别绪，起伏跌宕，声情双绘，是宋元时期流行的"宋金十大曲"之一，也是流传千古的名篇。此词是作者离开汴京南下时所作，主要描写清秋时节和情人分别的情景，表现了难舍难离的挚爱深情；又通过渲染寒秋的冷落凄凉气氛，烘托出难以言说的离情别绪。上片从正面描写离别情景，下片则写别后情景。作者将常见的传统情景运用到慢词中，用具有画面感的场景来表现离别时的感受，整首词情景交融，往复铺叙，如行云流水，舒卷自如，含蓄隽永，十分感人。

蝶恋花·伫倚危楼风细细

北宋·柳永

伫倚危楼风细细，望极春愁，黯黯生天际。草色烟光残照里，无言谁会凭阑意。

拟把疏狂图一醉，对酒当歌，强乐还无味。衣带渐宽终不悔，为伊消得人憔悴。

【译文】

久久站立在高楼上，那如丝般细腻的微风轻轻拂面，望不尽的春日离愁，从遥远无边的天际黯然迷蒙地升起。碧绿的草色，迷蒙的烟光掩映在落日余晖里，默默无言，有谁会理解这独自凭栏的深沉含义？

打算把这疏懒放纵，喝得大醉，可是对着美酒纵情高歌，强颜欢笑反而觉得更加没有意味。衣衫丝带渐渐宽松了，可始终不感到懊悔，宁愿为她消瘦得如此憔悴。

【赏析】

本篇是一首离别相思之作，作者春夜怀人，描绘了一幅迷蒙凄楚的黄昏高楼望远图。上片写登楼远望所引起的无尽愁思，以迷离的景物描写渲染出凄清悲凉的气氛。"伫倚危楼风细细"写登高望远，离别愁恨之感油然而生。"伫倚"二字足见主人公凭栏之久、怀想之深。然极目远望，看到的却是黯然销魂的"春愁"。在这里，作者不说"春愁"由心而发，却说生于天际，一方面是为了将无形变成有形，以具象说明抽象，增加词的画面感，另一方面也是因为这愁怨乃是景物所触发。"草色烟光"是作者极目天涯的所见之景，面对此情此景，作者一声感叹"无言谁会凭阑意"，又有谁能知我默默凭倚栏杆的心意？这应是他对

蝶恋花·伫倚危楼风细细

独自倚栏、希望成空的慨叹，也是不见心上人、难诉情怀的凄凉感喟。

词的下片直抒胸臆，抒写了为心上人死而无悔的坚贞执著的心志。作者为了排遣内心深沉的离愁之情，决意借酒浇愁。"拟把疏狂图一醉"是说打算任情放纵喝个一醉方休，而且还要"对酒当歌"一抒愁怀，但强颜欢笑，却是"无味"。从"拟把"到"无味"，笔势影影绰绰，扑朔迷离，千回百折，直到末句"为伊消得人憔悴"才一语道破："春愁"因"相思"而生，如此一波三折，情思回荡，颇具感染力。全词写景抒情，构思巧妙，感情真挚，颇具柳词特色。

八声甘州·对潇潇暮雨洒江天

北宋·柳永

对潇潇暮雨洒江天，一番洗清秋。渐霜风凄紧，关河冷落，残照当楼，是处红衰翠减，苒苒物华收。惟有长江水，无语东流。

不忍登高临远，望故乡渺邈，归思难收。叹年来踪迹，何事苦淹留？想佳人、妆楼颙望，误几回、天际识归舟？争知我、倚阑干处，正恁凝愁？

【译文】

看潇潇暮雨洒落江天，一番清洗，洗出一片清秋。渐觉凉风一阵紧似一阵，关山江河全变得肃杀冷落，如血的残阳正斜照高楼。到处是一片残花败叶，一切美好风物都渐渐萧条。只有那滔滔的长江水，默默无声匆匆东流。

不忍心登上高楼远眺，怕望故乡遥远渺茫，归心更难以收。可叹几年浪迹萍踪漂泊不定，不知为何事在他乡苦苦滞留？想此时佳人定在妆楼凝望，不知她会有多少回误认归舟？她哪会知道我和她一样，身倚栏杆苦苦思念满怀忧愁。

【赏析】

这首词是一篇羁旅之作，弥漫着一种消沉落寞、苦闷无奈的情绪。

上片写江边秋天的景色。开头一个"对"字总领全篇。主人公目力所及，一派苍凉的秋景：霜风凄紧，关河冷落，残照当楼，这不仅是景物的叠加，更是情绪的郁积，怪不得苏东坡称赞这三句"不减唐人高处"。"是处红衰翠减，苒苒物华休"为这一句作结，然后马上写一处千古不变的事物——长江，以不变对变化，以无限对有限，有力地衬托出一股无法明言的感叹。用"无语"饰江水，当真妙笔生花。

八声甘州·对潇潇暮雨洒江天

最美的词

〇四三

下片紧承上半部分，由景及情，开始思乡怀人，感情逐层深入。思乡之人爱登高望远，可羁宦千里，哪里能够望见，只是平添愁丝罢了。此时主人公的视角发生变化，由自己转到了家乡的佳人——这个时刻，她怕也正在倚楼顾盼，等待着不归的游子吧！可她等得又是如何的痴傻啊，频频误认归舟。可见盼归情切，当真动人。最后视角又转回词人这里，由虚及实，似不能禁！

这首词深沉浑厚，情景交融，由景及情，层层递进，把一个羁旅游子的苍茫心事刻画得栩栩如生。

渔家傲·塞下秋来风景异

北宋·范仲淹

塞下秋来风景异，衡阳雁去无留意。四面边声连角起。千嶂里，长烟落日孤城闭。

浊酒一杯家万里，燕然未勒归无计。羌管悠悠霜满地。人不寐，将军白发征夫泪。

【译文】

塞外秋天一到，风景就完全不一样了，北雁向南方的衡阳飞去，毫无留恋的意思。四周的边地悲声随着号角响起。重叠的山峰里，长烟直上，夕阳西下，孤城紧闭。

饮一杯浊酒，思念远隔万里的家乡，可是还没有破敌的功绩，无法预计归期。羌笛悠悠，寒霜满地。出征的将士难以入睡，将军头发已斑白，士卒因思乡而流泪。

【赏析】

这首词作于仁宗康定元年（1040年）至庆历三年（1043年），当时作者正在西北边塞的军中任职，这首词就是写边塞生活的，展示了军士们不怕艰苦、扫除边患的同时又因长期在外，思念故里的矛盾心情。

词的上半部分写塞北风光，作者通过"风景异"、"衡阳雁去"、"四面边声"、"千嶂"、"长烟落日"以及"孤城"等一系列意象的连缀勾勒出一幅边塞独有的戍边图，塞北秋寒，荒芜萧索，边声连角，雁过不息，可见此地的条件是如何艰苦，萧然冷漠的风光让人心生寒意，那么这里的人到底过着怎样的生活？

词的下半部分写将士们的心声。浓厚的乡愁，付与一杯浊酒；满腔的离恨，化作羌音悠悠。夜深人静的时候，呜咽的羌音、满地的寒霜让人心生凄凉和哀愁。词人不能入眠，不断设想到这些将士的心理：既想固守边塞，杀敌报国，又受乡情萦绕，挥之不去。这样写来，既暗含着对统治者治国政策的质疑，同时也显露出渴望保家卫国、战场杀敌的爱国豪情。

整首词大开大合，超脱豪迈，苍凉雄壮，一反先前词坛上的哀婉缠绵，以战事、国事入词，堪称首例，直接开辟了宋词的豪放之风。

苏幕遮

北宋·范仲淹

碧云天，黄叶地，秋色连波，波上寒烟翠。山映斜阳天接水，芳草无情，更在斜阳外。

黯乡魂，追旅思，夜夜除非，好梦留人睡。明月楼高休独倚。酒入愁肠，化作相思泪。

【译文】

碧云满天，黄叶遍地，秋色倒影进江上的碧波，波上寒烟弥漫、水

苏幕遮·碧云天

气缭绕，一片苍翠之色。远山沐浴着斜阳，远处水天一色。岸边的芳草似是无情，一直连绵到夕阳照不到的山外。

　　思念故乡使我黯然神伤，恼人的愁思无法排遣，每天夜里只有偶做美梦，才能贪得片刻安宁。不愿在月夜独自登高眺望故乡，只有借酒消愁，可是饮下的酒全都化成了思乡之泪。

【赏析】

　　这是一首写游子思人的行役词，但境界明朗优美，一反羁旅词的沉郁。

　　词的上半部分写景。以"天"、"地"开篇，笔势纵横，勾勒出秋天高远苍凉、满地金黄的景象。一"碧"一"黄"，构成对比，色彩感极强。后一句写水，水接秋色，波上寒烟苍翠，使人不由得想起王勃

"秋水共长天一色"的句子。之后作者不再分写，而是将这所有的秋景勾连到一起，天、地、山、水、斜阳、芳草，一切都立体地呈现在我们的面前。这还不够，景物继续轮转，一直到遥远的斜阳照射不到的天边。到"无情"二字，景中已含着凄凉的情愫，此情无边无际，让人生愁。

词的下半部分写情。游子思乡，魂牵梦绕，这是怎样深沉而无法割舍的乡愁！"明月楼高休独倚"写词人在深夜里无法入睡，而独自起身，登上高楼，但见皓月当空，流光似水，这样的美景是何等的难得，可此时此地的他又哪里有心情欣赏！相反，景色越美反而越让人觉得孤单寂寥。最后一句写词人借酒消愁而不得、反添相思的落寞，笔法新奇，如一个深潭，把前面的句子融在一处，有无限凄凉。

这首词写景生动鲜活，气势开阔，言情清丽缠绵，刚中带柔，柔中有刚，实在是羁旅词中难得的杰作。

千秋岁·数声鶗鴂

北宋·张先

数声鶗鴂，又报芳菲歇。惜春更选残红折，雨轻风色暴，梅子青时节。永丰柳，无人尽日花飞雪。

莫把幺弦拨，怨极弦能说。天不老，情难绝，心似双丝网，中有千千结。夜过也，东窗未白孤灯灭。

【译文】

几声杜鹃的鸣啼，又报告烂漫春花将要凋谢，惜春人更想挑那残花折。怎奈何雨虽轻柔风却猛烈，正赶上这梅子发青的暮春时节。看那永丰坊的柳树，在无人的园中整日撒飞絮如飘雪。

请莫要把琵琶的细弦拨动，我深深的哀怨细弦也难倾泻。天如有情不会老，真情永不会灭绝。多情的心就像那双丝网，中间有千千万万个结。中夜已过去了，东方未白，摇曳的残灯终熄灭。

【赏析】

这是一首情词。写作者由晚春的景色想到自己失落的爱情，表达了深深的遗憾和对所爱女子矢志不移的爱恋之情。

千秋岁·数声鹈鴂

上片写景，并由此暗示自己的真挚爱情无辜破产。词人的高明之处就在于谈而不露，既让人能够揣摩到他要诉说的感情，又不着一个"情"字。只是用一系列带有感情色彩的意象的罗列来暗示读者，他的爱情已经如这些景物一样横遭摧残。"雨轻风色暴，梅子青时节"明是写景，其实另有深意，也在暗示自己的爱情。

下片是作者真心的表白，反映了他坚定的立场。"莫把幺弦拨"，为什么呢？因为对此时的主人公来说，连这琴弦上也流淌着自己不可抑制的怨恨，这是一种怎样的无奈啊！终于，这积蓄的怨恨顷刻间爆发，爱情的誓言脱口而出："天不老，情难绝。"随后"心似双丝网，中有千千结"一句更把自己要与爱人永远相随的柔情尽情展露。"丝"即是"思"，"双丝"更见其情思的坚韧、两人的灵犀。到这里，本词达到了情感的最高潮。最后以含情之景作结：黑夜即将过去，唯一与自己相伴的灯盏也已燃尽，可是东窗还未白，思念无有止境……

本词蕴藉深沉，峭拔高迈，实得婉约与豪放两家之长，是难得的佳作。

青门引·乍暖还轻冷

北宋·张先

乍暖还轻冷，风雨晚来方定。庭轩寂寞近清明，残花中酒，又是去年病。

楼头画角风吹醒，入夜重门静。那堪更被明月，隔墙送过秋千影。

【译文】

乍暖的天气还透着丝丝微寒，一天风雨到傍晚才消停。庭院里空荡寂静，又快到清明，对着落花醉酒酣饮，这伤心病痛像去年一般情境。

晚风吹送城楼画角把我惊醒，入夜后重门紧闭庭院更宁静，哪里还能再忍受溶溶月光，隔墙送来少女荡秋千的倩影。

【赏析】

这首词借景抒情，是作者因为孤寂而触景怀人的作品，表达了自己满腔的愁苦。

上片写作者春日的感怀。第一句寥寥五个字，准确地写出了天气的变化，"乍暖"是由冷到热，"还"则又由热转冷，两次转折，三种状态，语义之丰富令人钦佩，足见作者观察力之强。"寂寞"明是写景，其实更是言情。"残花"句怜花自怜，写人与花同病相怜，尽显凄凉落寞。"花"因"风雨"而残，"人"由"寂寞"而醉。最后一句写明"寂寞"的程度：这寂寞并非一日，而是病已经年，岁岁如此，有增无减！

下片写清醒后的情怀。第一句从听觉和触觉两个方面写当时的感受，角声凄凉，晚风微冷，惊醒醉酒人。一指如果没有这角声和冷风自己很可能还不会醒，二指忽然惊醒，刹那间感到角哀、风冷，原是被愁绪深埋才会如此啊。"入夜重门静"写夜景，重门寂寞，作者心中肯定更加萧然、凝重。最后两句写感怀深沉，又岂是重门所能阻隔，旧日的秋千还在，可人已形单影只，有难挨的寂寞、有深沉的思念，此情此景，人何以堪！

这首词情景交融，作者调动多种身心感受，并且把它们有机地融合在一起，共同营造出一种凄凉伤感的氛围，把心中的情感表现得深沉含蓄！

天仙子·《水调》数声持酒听

北宋·张先

《水调》数声持酒听，午醉醒来愁未醒。送春春去几时回？临晚镜，伤流景，往事后期空记省。

沙上并禽池上暝，云破月来花弄影。重重帘幕密遮灯，风不定，人

天仙子·《水调》数声持酒听

初静，明日落红应满径。

【译文】

　　手持酒杯细听那《水调》声声，午间醉酒虽醒愁还没有醒。送走了春天春天何时再回来？临近傍晚照镜，感伤逝去的年景，如烟往事在日后空自让人沉吟。

　　鸳鸯于黄昏后在池边并眠，花枝在月光下舞弄自己倩影。一重重帘幕密密地遮住灯光，风儿还没有停，人声已安静，明日落花定然铺满径。

【赏析】

　　这是一首感叹时光流逝、青春不再的作品。本词作于仁宗庆历元年（1041年），当时张先在嘉禾（今浙江嘉兴市）做判官，重病在身，于是发出了流年易逝的嗟叹。

　　上片写伤春情怀。放歌纵酒、卧榻酣眠原本是逍遥自在的，但对此时的作者来说，却是反添愁绪，以至于酒醒而愁不醒，这样的哀愁是何等深厚、沉重！"送春春去几时回"，"春"字连用，春华与春逝两相对比，充分表达了作者对往昔的留恋。然而岁月流转，镜中青丝变白发，又有谁能奈何？"晚"字乃是双指，亦镜亦人，"空"字则尽显落寞无奈之情。

　　下片写景，含情之景。"沙上并禽池上暝，云破月来花弄影"，这是纯美之景，为与下文残破美景的对比埋下伏笔。其中"破"、"弄"两个字动感十足、轻灵俊秀，把花和云的形态点得惟妙惟肖，历历如在眼前。至"重重帘幕密遮灯"则已伤情满怀，"明日落红应满径"是对花朵命运的推测。是啊，花朵是这样美好，却又开得如此短暂，这样的对比让人触目惊心，作者由此触物思人，伤感汹涌而来。

本词情景交融，把伤春之情与人生之慨巧妙地结合在一起，用词精准、老到。尤其是"云破月来花弄影"一句，反映了张词空灵俊美的特质，是难得的佳句，被人们反复咏吟。

浣溪沙·一向年光有限身

北宋·晏殊

一向年光有限身，等闲离别易销魂，酒筵歌席莫辞频。

满目山河空念远，落花风雨更伤春，不如怜取眼前人。

【译文】

易逝的时光有限的人生，平常的离别也让人断肠伤心，饮宴歌舞莫要嫌它频繁。

放眼山河徒然怀念远方亲友，看见风雨中落花纷纷更让人伤春，不如赶紧怜爱眼前的亲人。

【赏析】

这首词写时空的无限，反衬人生的渺小卑微，最后得出了"怜取眼前人"的结论，含有某些哲理。

上片写人的生命是瞬息之事，而且又常遭别离之苦。这三句由写光阴易逝到诉说分别的苦楚，再到写借酒消愁、及时行乐。句意连贯，顺势而下，毫无做作扭捏之态。

下片写情。前两句气势宏大、境界苍凉、笔势遒劲，用在此处写哀婉之情，刚柔并济，绝非常人所能做到。此二句与上文相连，写登高怀人的主人公面对满目山河，却茫然而不见归人，不由得牵肠挂肚。

而后画面一转，到了自己的家里，面对风雨之后的满地落花，主人公又生发了对逝去青春的感怀。可是面对如此哀愁，人真的就毫无办法了吗？不，词人在这里给出了答案：消沉买醉是不足取的，只有"怜取眼前人"才是最好的对策。抓住身边的美好人生就已然足够，这也反映出词人的人生态度。

这首词气势豪迈、格调高远，用刚健之笔写沉郁之情，轻快深沉、哀而不伤，达到了内容和形式的高度统一，是一首难得的佳作。

浣溪沙·一曲新词酒一杯

北宋·晏殊

一曲新词酒一杯，去年天气旧亭台，夕阳西下几时回？

无可奈何花落去，似曾相识燕归来，小园香径独徘徊。

【译文】

听一支新填词的曲子，小酌一杯。天气还和去年一样，亭台也依旧，落山的夕阳何时再回来？

眼前落花满地，令人无可奈何。忽见燕子翩飞，似曾相识，原是去年旧燕，今又归来。念及此，我在花园的小径上独自徘徊，心生感慨。

【赏析】

本词描绘了一幅园林景色，流露出一股无法排遣的愁怀。

词的上半部分写作者对着满园景色独自饮酒。首句"一曲新词酒一杯"用了两个"一"字，结构巧妙，语气轻松活泼，很好地表现了一种悠然闲适的精神境界。下一句是一个转折，从悠然到忧愁。这大自然是永远不会变的，天气如此，亭台如此，只是重游的人儿，却已经再也找不回昔日的风情。于是一句"夕阳西下几时回"的感慨脱口而出，此句

浣溪沙·一曲新词酒一杯

虽是写景，但饱含真情，有对美好时光的追忆，有对逝去青春的伤感。

　　词的下半部分写景，含情之景，满是落寞的情怀。作者用美景写愁情，"花落去"是美景，可前面加上"无可奈何"，"花"就不再只是美丽的花朵，更是人间美好事物的象征，这样的事物虽然很美，但在岁月的侵蚀下却难以长久。"燕归来"本来意味着又一度春回大地，但冠之以"似曾相识"则又有了流光易逝的意思。每一回燕子归来都说明时间又过去了一年，可是燕能年年如此，流失的岁月可以吗？"似曾相识"四字尤妙，虚实相生，给人一种空灵的感受。

这首词用语直白浅显，句意连贯而韵味十足，隐含极深的哲理。其中"无可奈何花落去，似曾相识燕归来"两句对仗工整，浑然天成，意味无穷，很受后人喜爱。

蝶恋花·槛菊愁烟兰泣露

北宋·晏殊

槛菊愁烟兰泣露，罗幕轻寒，燕子双飞去。明月不谙离恨苦，斜光到晓穿朱户。

昨夜西风凋碧树，独上高楼，望尽天涯路。欲寄彩笺兼尺素，山长水阔知何处！

【译文】

清晨栏杆外的秋菊蒙着淡淡的烟霭，似在脉脉含愁。香兰沾着晶莹的露珠，似在轻轻啜泣。罗衾耐不住春寒，燕子双双飞去。偏是那明月不解离别之苦，斜斜清辉彻夜照进朱户。

昨晚西风猛烈，碧树尽凋，我独自登上高楼，望尽前路，却不见情郎踪影。想给他寄一封书信，但山长水阔，不知情郎身在何处。

【赏析】

这是一首闺怨词，写对情人的思念。在《人间词话》中，王国维把其中"昨夜西风"三句和柳永、辛弃疾的词句合在一起，用来形容人们做学问、成事业的三种境界，可见其写情独到之处。

词的上半部分写景，浸染着主人公真挚的情感，后两句暗示自己的别离之苦。词的下半部分紧接上文，生动地刻画了主人公对情人的痴痴

蝶恋花·槛菊愁烟兰泣露

期盼，足见相思之深。

　　词的开始两句虽是写景，但写的是拟人化的景，包含着作者的情感，流露出浓浓的愁绪。"燕子双飞"是以鸟比人，反衬女子的孤寂和哀伤。明月之光本是自然之物，但在作者的意识里却是有思想的，不然为何偏照离人？看似没有道理的牢骚，却是真情所致、离愁使然。"西风凋碧树"，写树遭风的摧残，暗示主人公受相思之苦折磨，说明作者通宵未眠。"望尽天涯路"则营造出一种苍凉悲壮的意境，让人的思绪任意飘荡，没有尽头。这种空间广阔无边，因此也感染了后世的许多人，可谓蕴藉深沉。

　　整首词委婉悲壮、阔大深沉，不同于一般哀婉柔媚的婉约词。可以说，这首诗兼得豪放与婉约两派词家之妙，在晏殊的词中并不多见。

清平乐·红笺小字

北宋·晏殊

红笺小字，说尽平生意。鸿雁在云鱼在水，惆怅此情难寄。

斜阳独倚西楼，遥山恰对帘钩。人面不知何处，绿波依旧东流。

【译文】

　　粉红的信笺上写满蝇头小字，说尽了我对情郎的深深爱意。无奈雁在云间鱼在水底，满怀惆怅这份深情难以投寄。

　　夕阳西下我独倚西楼远望，远处青山正对着窗上帘钩。不知心上人今在哪里？只见那绿水依旧东流。

【赏析】

　　这首词写思人之苦，可能与作者年轻时的情感经历有关。

清平乐·红笺小字

上片写思念之情无法表达。前两句看似简明，其实暗含着深厚的情感。"红笺小字"反映出作者对情人绵绵的情意；"说尽平生意"是向情人倾诉柔肠。后面的两句写书信无法投寄的无奈，这里作者用了"雁足传书"和"鱼传尺素"的典故，可谓匠心独运。既然写满真情的书信无法投寄，那词人只能独自忧伤了。

下片写作者的失落和惆怅。"斜阳独倚西楼，遥山恰对帘钩"意思是寂寞的主人公倚楼独望，不见情人的身影，那遥远的山峰也来捣乱，阻挡了自己的视线，两个有情人只能遥相思念，登楼本是为了消愁，可现在却反过来添愁。最后两句从崔护《题都城南庄》的诗句"人面不知何处去，桃花依旧笑春风"中化出，韵味无穷。

这首词用字精巧、清雅深沉、脉脉含情，"闲雅而有情致"，正是晏词的特色。

木兰花·池塘水绿风微暖

北宋·晏殊

池塘水绿风微暖，记得玉真初见面。重头歌韵响琤琮，入破舞腰红乱旋。

玉钩阑下香阶畔，醉后不知斜日晚。当时共我赏花人，点检如今无一半。

【译文】

池塘中绿波荡漾微风送暖，记得就在那时我与玉真初次相见。她甜美的歌声清脆悦耳，穿着红裙的细腰纷乱地旋转。

我躺在玉钩栏下的香阶旁，沉醉后竟然不知道夕阳西下天已晚。当时与我一同饮宴赏花的旧友，算起来如今健在的人已无一半。

【赏析】

这是一首怀旧词，追忆一位歌舞伎，散发着浓浓的凄凉情绪。上片写两人当年一同欢乐的情景。起首两句交代自己和这个女子第一次见面的具体情境：水融风暖的春日，两人在池塘边初识。如画的景致美得让人心醉，而流水又为下文的转折埋下伏笔，暗示着感情上的变化。然

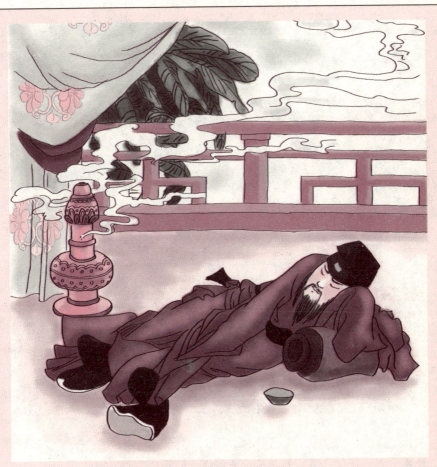

木兰花·池塘水绿风微暖

后，作者用白描的手法赞美色艺双绝的美人，从听觉和视觉两个方面描绘了这个女子如何能歌善舞，场面栩栩如生，让人如同亲见一般。

下片写词人现在的生活境况。景还是当年的景，"玉钩"二句与上文的景物互见，一方面是写现在的景色，同时也是对上文所述场景的填充。词人酩酊大醉，傍晚方醒，这个时候看夕阳斜照，自然更引发对人生无常的感慨。旧物仍在，人世苍茫，聚散难期，生死难料，恍惚间已是老态龙钟。

这首词虽然不长，但意境悠远、感情充沛、感慨深沉。最后一句清丽自然，让人回味无穷，顿生怅然若失之感。

玉楼春·东城渐觉风光好

北宋·宋祁

东城渐觉风光好，縠皱波纹迎客棹。绿杨烟外晓寒轻，红杏枝头春意闹。

浮生长恨欢娱少，肯爱千金轻一笑。为君持酒劝斜阳，且向花间留晚照。

【译文】

春光明媚，城东的景色越来越美，微风吹皱一池春水，湖面上微波荡漾，船桨慢慢地摇，微波轻拍船身。绿杨含烟，处处弥漫着拂晓的轻寒。红艳艳的杏花簇绽枝头，蜂飞蝶舞，春意盎然。

我时常以人生短暂、欢愉太少为恨，有谁肯吝啬千金，而轻视美人的嫣然一笑？为君端起斟满美酒的酒杯，举杯邀夕阳，共饮一杯，希望晚霞夕照，能够在美丽的花丛中多停留一会儿！

【赏析】

在众多的赏春词中，这是颇负盛名的一篇。作者把美好的春天描绘得栩栩如生，充满了对生命的珍惜。因"红杏枝头春意闹"一句备受时人推崇，词人被称做"红杏尚书"。

词的上半部分写景，尽现东城的美丽景色。起首一句概括春光，也是点题。"好"字透露出作者心中无法抑制的激动和喜悦，"渐"字表现出一个春暖人间的动态过程，可见作者对春光的期盼。后一句把水写得灵气十足，赋予其人格化的情感，已经颇为精彩。"绿杨"两句对仗工整，色彩绚丽，尤其是最后的一个"闹"字，把春天的美好和热闹写活了。对此，王国维在《人间词话》中评道："着一'闹'字而境界全出"。

词的下半部分写词人自己的主张，对于流逝的春光、飘忽不定的人生，作者作出了珍惜眼前、及时行乐的选择。是啊，人生苦短，值此大好的烂漫时光，为什么不能抛开世俗名利，尽情地欢乐呢？"一笑倾人城"的典故用在这里非常恰当。最后两句情景交融，写作者把酒对斜阳，"且向花间留晚照"，惜春之情达到高潮。

本词收放自如，用语华丽却不显轻佻，言情直率而不过分，把对时光的留恋以及对美好人生的珍惜写得韵味十足，堪称千古佳作。

蝶恋花·庭院深深深几许

北宋·欧阳修

庭院深深深几许？杨柳堆烟，帘幕无重数。玉勒雕鞍游冶处，楼高不见章台路。

雨横风狂三月暮，门掩黄昏，无计留春住。泪眼问花花不语，乱红飞过秋千去。

【译文】

深庭大院，真不知道有多深。杨柳依依，堆起片片绿色烟云，帘幕重重叠叠不知几何。豪华的车马停靠在烟花之地，我登楼向远处望去，却看不见章台路。

暮春三月，风急雨骤，黄昏时分，关上大门，无法将春光留住。我

蝶恋花·庭院深深深几许

流着泪问花儿可知道我的心意，它却沉默不语，只有纷乱的落花，零星地飞到秋千之外。

【赏析】

　　这是一首闺怨词，写闺中少妇的寂寞悲哀，是此类作品中少有的佳作，李清照曾以"庭院深深深几许"作"庭院深深"数阕，可见她对此作的推崇。

词的上半部分写景，交代主人公的生活场景。起首一句连用三个"深"字，极尽叠字之妙，把庭院的寂静刻画得入木三分，用语奇特、音韵和婉，同时也给整首词奠定了一种忧伤渺远的基调。"杨柳"两句，从远到近，层层深入，画面感极强。"无重数"可算是对"深几许"的解答，构思巧妙，趣味盎然，暗示庭院中主人公封闭的生活。随后作者笔锋一转，把视角转向了她的丈夫。这样就形成一种巨大的反差，妻子在重重深院中独守空房，而另一方面，丈夫却在秦楼楚馆中肆意寻欢，对比的运用产生了强烈的艺术效果，亏得妻子还在登楼远望，深情思念这等薄情之人。

词的下半部分写主人公的惆怅。"雨横风狂"写爱情的破碎。"三月暮"既是写景，又是言情，暗示年华不再，逐层递进。这个可怜的女子，满怀的愁怨又有谁可以诉说？最后两句情景交融，无限的伤感扑面而来。作者以景写情，以情入景，把主人公哀婉缠绵的情愫描绘得淋漓尽致。最后两句是传颂千古的名篇。

这首词婉丽深沉，用语自然而意旨悠远，绝非一般的闺怨词所能比。

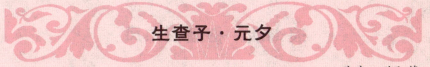

生查子·元夕

北宋·欧阳修

去年元夜时，花市灯如昼。月上柳梢头，人约黄昏后。
今年元夜时，月与灯依旧。不见去年人，泪满春衫袖。

【译文】

去年元宵夜时，花市灯火通明，如同白昼。明月爬上柳树枝头，你我相约黄昏后。

今年元宵夜时，明月、灯火依旧。只是佳人不在，相思的泪水沾满衣袖。

【赏析】

这是一首描写爱情的情词，浸透了爱情失落后的哀怨和孤单，同时也隐含着作者对完美爱情的憧憬。

词的上半部分忆旧，写去年自己与爱人约会的情景。起首两句写热闹的街市，营造出一种情人会面前舒缓幽美的氛围。后面的两句亦景亦情，描绘出两人在"月上柳梢头"的美好时刻，互相依偎、倾诉柔情的情景，意境清幽含蓄，韵味无穷，被后人反复吟咏。

词的下半部分写主人公爱情破灭、情人不在时的凄苦情景。"月与灯依旧"与"不见去年人"构成鲜明的对比，进而引发了后文"泪满春衫袖"的沉痛和忧伤，可见主人公用情之真、用情之深。

本词虽然短小，但层次分明，上片写昔日情人幽会的幸福甜美，下片写如今独自一人的孤单和失落。作者把喜和愁放在一起写，干练分明，对比强烈，可谓构思精妙。

浪淘沙·把酒祝东风

北宋·欧阳修

把酒祝东风，且共从容。垂杨紫陌洛城东，总是当时携手处，游遍芳丛。

聚散苦匆匆，此恨无穷。今年花胜去年红，可惜明年花更好，知与谁同？

举起酒杯向东风祈祷，请你再留些时日不要一去匆匆。洛阳城东垂柳婆娑的郊野小道，就是我们去年携手同游的地方，我们游遍了姹紫嫣红的花丛。

欢聚和离散都是这样匆促，心中的遗恨却永无尽穷。今年的花红胜过去年，明年的花儿将更美好，可惜不知那时将和谁相从？

【赏析】

这首词作于明道元年（1032年）春，当时欧阳修和梅尧臣旧地重

浪淘沙·把酒祝东风

游，感慨系之，作此词以表离散伤感之情，发人生难料之慨。上片回忆当年众好友洛城赏花的欢快场面。第一句写春游宴饮之乐、洛城景色之美，大家团聚游玩之不可多得。"把酒祝东风，且共从容"由司空图《酒泉子》中"黄昏把酒祝东风，且从容"的句子化出，只添一字而境界全出，使春风也具备了思想，新奇别致。"洛城东"交代地点，"紫陌"只有洛阳才有。"垂杨"同"东风"连在一起，使读者看到的不再是静止的单景，而是动感的图画。最后两句是临别的约定。

下片写情，发人生聚散难期的感慨。开始两句是一个转折，发出"此恨无穷"喟叹的岂止是词人自己，面对这样的人生聚散，不是谁也难免惆怅吗？后面的三句写词人心中的苦楚，以美景衬哀情，反差强烈，可谓"以乐景写哀情"的绝佳范例，别出心裁，含蓄深沉。

诉衷情·清晨帘幕卷轻霜

北宋·欧阳修

清晨帘幕卷轻霜，呵手试梅妆。都缘自有离恨，故画作远山长。

思往事，惜流芳，易成伤。拟歌先敛，欲笑还颦，最断人肠。

【译文】

清晨卷起结着轻霜的幕帘，呵暖双手试梳新式梅花妆。都因为内心有太多离愁别恨，故而将双眉涂得像远山般长。

回想那如烟往事，怜惜逝去的时光，更容易使人悲伤。想唱歌心里却发紧，想欢笑眉头却紧皱，这日子最让人痛断肝肠。

【赏析】

本词通过对一位歌女生活的再现，表达了她心中的寂寞凄凉。

上片写歌女清晨起床的情景。首句的"清晨"交代具体时间；"帘幕卷"写出歌女的动作；"轻霜"暗示天气寒冷；歌女呵手显出其娇羞；"试梅妆"则是在写她的美丽。后面两句是虚写，歌女为什么把眉毛画成长长的远山的形状？莫非是离恨所致？这句"故画作远山长"一方面是在形容歌女美丽的容貌，另一方面也是在写她深深的哀愁，就像伶玄笔下的赵飞燕。

下片写歌女的内心世界。前三句写她追思前尘往事，感叹青春难驻，感到深深的伤痛。此三句区区九个字，却把词中女子感慨自己身世悲惨、叹息年华虚度的痛苦描绘得淋漓尽致。最后三句是一处细节描写，再现了女主人公当时的神态，突出了她对歌伎生活的厌恶和内心深处无法排解的苦闷。

本词用白描的手法把女主人公的生活和心理描绘得逼真、形象、如在眼前，显示出作者超强的观察力和深厚的艺术功力。

水调歌头·明月几时有

北宋·苏轼

明月是几时有？把酒问青天。不知天上宫阙，今夕是何年。我欲乘风归去，又恐琼楼玉宇，高处不胜寒。起舞弄清影，何似在人间！

转朱阁，低绮户，照无眠。不应有恨，何事长向别时圆？人有悲欢离合，月有阴晴圆缺，此事古难全。但愿人长久，千里共婵娟。

【译文】

明月在何时出现的？我端起酒杯询问苍天。不知道天上宫殿里，现在是哪一年。我想乘风而返，又害怕受不住月宫中的清寒。对月起舞，清影随人，仿佛乘云御风，置身天上，哪里像在人间！

转过朱红的楼阁，月光倾泻在绮窗前，照耀着床上辗转难眠的人。月亮既圆，便不应有恨了，但为什么常常要在人们离别的时候圆呢？人有悲欢离合的遭遇，月有阴晴圆缺的变化，这种事从古至今难得两全。只愿我们都健康长在，即使远离千里，也能共同欣赏这美丽的月色。

【赏析】

这首词作于宋神宗熙宁九年（1076年），当时正赶上丙辰年的中秋节，苏轼在密州任太守，对月思人。他与弟弟苏辙已阔别七年，再加上政事不顺心，于是尽抒情怀，乘醉而歌，写出了这首传颂千古的名篇。

水调歌头·明月几时有

词的上半部分写作者对月遐思，幻游仙境。以问句起首，开篇奇崛，而问的又是明月、青天，就一下子把人们的思绪牵引到浩渺无边的太空、仙境，意境深邃幽远。"不知天上宫阙"几句回环跌宕，一唱三叹，妙笔生花，是作者在"出世"与"入世"之间徘徊不定的表现。"我欲"三句，是作者对仙境的想象，却又有担忧，是作者矛盾心理的体现。"何似在人间"，是作者给出的最后答案，还是人间更值得留恋。

词的下半部分情景交融，抒发作者对亲人的思念。"转朱阁"三句写人间之景，月下之人，此人徘徊不定，心事重重。"不应"两句，上接"照无眠"，运笔酣畅，表面上是写对月圆人不圆的怨恨，其实是写对亲人的思念。"人有"三句是作者自己的解答，是他经历风雨人生之后的感悟。在这天地之间，人的悲欢离合与月的阴晴圆缺一样，都不是我们所能够左右的，我们所能做的，只有因循大自然的崇高法则，体味"道"的精神，去珍惜身边的美好，凡事积极乐观地对待。最后两句是词人对兄弟苏辙的劝勉，更是对天下所有人的祝福，情意真切，为全词奠定了昂扬乐观的基调。

这首词以"月"贯穿全篇，上天入地，笔势纵横，是一首蕴含深刻哲理的佳作。

念奴娇·赤壁怀古

北宋·苏轼

大江东去，浪淘尽，千古风流人物。故垒西边，人道是，三国周郎赤壁。乱石穿空，惊涛拍岸，卷起千堆雪。江山如画，一时多少豪杰！

遥想公瑾当年，小乔初嫁了。雄姿英发，羽扇纶巾，谈笑间，樯橹灰飞烟灭。故国神游，多情应笑我，早生华发。人生如梦，一樽还酹江月。

　　长江滚滚东流，千百年间，无数的英雄豪杰在江水的流逝中来了又去。旧营垒的西边，有人说，那就是当年周瑜大败曹操的赤壁。陡峭的石壁直指苍穹，惊涛骇浪拍打着江岸，溅起的浪花有如千堆白雪。如画的江山，那时诞生了多少豪杰啊！

　　遥想当年的周公瑾，小乔刚嫁给他。他身姿英伟，豪气冲天，手摇羽扇，头戴纶巾，谈笑之间，曹操的百万大军已灰飞烟灭。神游赤壁旧地，可笑我太多愁善感了，头上过早地有了白发。人生如梦，谨以一杯

念奴娇·赤壁怀古

薄酒祭奠这明明江月。

　　这首词是苏轼豪放词中的杰作，也是整个豪放词派中的扛鼎之作。它写于神宗元丰五年（1082年）七月，当时苏轼刚刚因"乌台诗案"受贬，退居黄州。这首词以豪放的笔墨描写了赤壁的景色，赞美了古代的英雄人物，表达了对岁月、人生的感慨。

　　词的上半部分以"赤壁"为主题，写雄浑之景。开篇三句总起，由景到人，人由景出，在浩荡东流的滔滔江水之后，引出千秋万代的风流人物，笔势雄奇，气势阔大，营造出一种历史的深厚意境，让人感慨系之。"故垒"两句明言借古抒怀。"人道是"，显出作者的严谨。"周郎赤壁"，既合主题，又是对下文赞美周郎的铺垫。"乱石"三句，直写赤壁的景色，苍凉雄浑，铺垫出抒怀的氛围，最后一句用"江山如画"衬托历代英豪的丰功伟绩。

　　词的下半部分写怀古之情。以"遥想"总领，起笔六句分别从多个方面描写周瑜当年的英武形象，暗示自己垂垂老矣而一事无成，充满了郁郁不得志的愤慨。"多情"两句写自己的一生，感慨自己尚无所作为却已老之将至，大好年华全都虚度、浪费。最后两句情景交融，神游天地，思接今古，深沉的情感充斥时空，让人慨叹。

江城子·十年生死两茫茫

北宋·苏轼

　　十年生死两茫茫，不思量，自难忘。千里孤坟，无处话凄凉。纵此相逢应不识，尘满面、鬓如霜。

夜来幽梦忽还乡。小轩窗，正梳妆。相顾无言，惟有泪千行。料得年年肠断处，明月夜、短松冈。

十年生死阔别，音讯全无。即使不去思量，也永远难忘。你孤零零的坟茔远在千里之外，使我无处述说一生的凄凉。即使我们相逢了，你也认不出我了，因为现在的我已是风尘满面，鬓白如霜。

夜里幽幽的梦中，我梦到自己回到了家乡，而你正在小窗前梳妆打扮。我们彼此对视，竟无语凝噎，泪流满面。料想每年你因思念我而悲伤之处，便是月夜这坟冢所在的短松岗吧。

苏轼的妻子王弗十六岁嫁给苏轼，两人婚后感情甚笃，幸福恩爱。可王弗二十七岁时病逝，苏轼自然无法轻易放下。这首悼亡词就是事隔十年之后，四十岁的苏轼在任密州（今山东诸城）知州时所作，以悼念亡妻。悼亡词是苏轼的首创。

词的上半部分写作者对亡妻的悼念。开始三句写即使时光流逝也无法抹去词人对妻子的怀念。对苏轼而言，这十年是仕途黯淡的十年，因为反对变法，苏轼被贬密州，生活颇为艰苦，落难之时，自然会想到自己最亲近的人。"不思量"与"自难忘"并在一起，彼此对照，更显两人情意之深。"千里"两句写作者与妻子不仅生死两判，而且千里相隔。"无处话凄凉"，写作者此时的痛苦是无法用语言表达的，此语超越时空生死的间隔，是情人痴语，感人肺腑。"纵使"三句，颇有"有情何似无情"的意味，用这样的假设反衬自己不堪怀恋的感情，最后两句亦是对人世苍茫的感叹。

词的下半部分写诗人与妻子在梦中相会。"小轩窗"两句，生动地再现了妻子的美丽多情。"相顾"两句，意味深长。"无言"即是有言，可见"此时无声胜有声"的哀痛。"料得"三句，写梦醒后作者的沉痛。作者在这里巧妙地转换视角，深入亡妻的精神世界，写其在"明月"之夜的凄凉情景，情感真切，令人读之泣下。

临江仙·夜饮东坡醒复醉

北宋·苏轼

夜饮东坡醒复醉，归来仿佛三更。家童鼻息已雷鸣。敲门都不应，

临江仙·夜饮东坡醒复醉

最美的词

倚杖听江声。

长恨此身非我有，何时忘却营营。夜阑风静縠纹平。小舟从此逝，江海寄余生。

在东坡夜饮，醒了又醉，回来的时候好像是三更时分。家童早已睡熟，鼾声大震，连我敲门都没听见，所以我只好拄杖临江听水声。

常常痛恨此身非我所有，身不由己，什么时候才能抛却功名利禄啊！夜深人静，万籁俱寂，江面上星光闪烁。真想乘小舟就此消失，把余下的人生交给江河湖海。

这首词作于神宗元丰五年（1082年），即苏轼贬居黄州的第三年，作者在雪堂（时尚未完全建成）痛饮，醉归临皋住所后写下了这首词。寥寥几语，充满了作者对贬居生活的愤懑，以及勉励自己看破名利、得精神之大自由的超脱情怀。

词的上半部分写作者醉后回家。开始两句，点明时间和地点以及自己醉酒之深。"醒复醉"，可见的确喝了不少。"仿佛"用得极巧妙，这个老翁，竟然醉得连时间也不知道了，可谓神情毕现。"三更"也为下文的敲门不应埋下伏笔。最后两句写作者进不了家门，"倚杖听江声"，该有多少感慨！词的下半部分言情。"长恨"两句，直抒胸臆，意味深长。"此身非我有"，说自己被外物所累，隐含着厌倦之情。"何时忘却营营"，写作者此时对名利富贵已经没有一丝留恋，只愿抛之而去。"夜阑"句笔势渐收，是写江景，亦是写自己的心境，宁静安详。"小舟"两句是作者对自己的劝勉，自己应该置身于滔滔的江水，回归无限的自然，把一切凡尘俗事都抛开不顾，得到人生真正的超脱。

本词运笔潇洒率真，自然生动，非东坡不能写出。"小舟从此逝，江海寄余生"二句，更是传颂至今的名句。

定风波·莫听穿林打叶声

北宋·苏轼

莫听穿林打叶声，何妨吟啸且徐行。竹杖芒鞋轻胜马，谁怕？一蓑烟雨任平生。

定风波·莫听穿林打叶声

料峭春风吹酒醒，微冷，山头斜照却相迎。回首向来萧瑟处，归去，也无风雨也无晴。

别听雨点穿过树林打在树叶上的声音，无妨一面浅唱低吟，一面散步慢行。一根竹杖，一双草鞋，比骑马还要轻快，怕什么呢？一件蓑衣遮风挡雨足以度过此生。

春寒料峭，春风拂面，吹散了酒意，略微有些冷，山头上斜阳却来迎接。回想一路走来时的寒风骤雨，回到家，无所谓风雨无所谓晴。

【赏析】

本词也写于苏轼谪居黄州之时，即兴抒怀，叙述了作者在路上遭遇一场阵雨的经历，字里行间随处可见作者宠辱不惊的宽广胸怀，蕴含着深邃的哲理。

词的上半部分写作者路上遇雨。前两句写风雨"穿林打叶"，迅疾而来，既突出了风雨的狂暴，又反衬起首的"莫听"，突出作者对风雨的不以为然。"莫听"、"何妨"、"且"，以散文的句式入词，层层深入，揭示作者宠辱不惊、悠然自得的胸怀。"竹杖"句以俗语入词，把作者当时的悠然、坦然刻画得栩栩如生。"轻胜马"满怀戏谑。"谁怕"两句拓展时空，更显作者面对无端风雨而仍能泰然不惊的旷达胸怀。

词的下半部分写风雨过后作者所感。"料峭"三句，写风雨已去，天已放晴。"迎"字赋斜阳以情感，有这样的客人在山头迎接自己，料想谁也会心胸豁然。最后几句是作者在经历了这场大自然"洗礼"之后的所得：在大自然中有风风雨雨无端来去，人生亦是如此，但只要我们能调整好心态，从容面对，那么什么风雨也都不能奈何我们了！这样的感悟，与其说是作者在林中遇雨所得，不如说是作者在经历人生风雨沉浮之后的顿悟。

这首词内容丰富，蓄意深沉，能激发许多人的共鸣。

卜算子·缺月挂疏桐

北宋·苏轼

缺月挂疏桐，漏断人初静。谁见幽人独往来，缥缈孤鸿影。

惊起却回头，有恨无人省。拣尽寒枝不肯栖，寂寞沙洲冷。

【译文】

残月高挂在稀疏的梧桐树顶上，夜已深，人已静。谁看见幽人独来独往，孤鸿身影若隐若现。

孤鸿忽然惊起，回头望，心里的遗恨无人了解。选遍了树枝也不肯栖息，宁愿在冰冷的沙洲上与寂寞为伴。

【赏析】

本词作于元丰五年（1082年）十二月，作者当时刚刚被贬到黄州，住在定慧院，政治的失意、宦游在外的孤苦时时萦绕在他心头。

卜算子·缺月挂疏桐

这首词情景交融，满是苦闷和惆怅。

　　词的上半部分写作者所居之地的清幽。起首两句，用"缺月"、"疏桐"、"漏断"等一系列萧索、凄冷的意象勾勒出一幅静谧、凄清的寒秋夜景，景象之所以如此，都是观景之人心之所致，这两句为全篇营造了一种冷清、凄凉的氛围。紧接着下面两句自问自答，向读者介绍这位心事重重的主人公，"谁见"其实是无人见，更显主人公的孤单落寞。"幽人"指的是自己，"孤鸿"指的也是自己，以此自喻，让人倍觉凄凉、孤独。

　　词的下半部分抒情。"惊起"两句，暗指自己的冤情和无奈。"惊"本是"孤鸿"的动作，但在这里孤鸿就是作者，实际是写词人自己的心理感受。"无人省"与前面的"谁见"相互对照，指自己孤苦无依，心事无人能解。结尾两句写孤鸿不肯栖于沙洲，也是在写作者自己甘愿受此贬谪之苦，亦不愿向小人屈服的高洁品质。

　　本词借景抒情，情景交融，以鸿喻人，浑然而不可分，笔势冷峭，蓄意深沉。

水龙吟·次韵章质夫《杨花词》

北宋·苏轼

　　似花还似非花，也无人惜从教坠。抛家傍路，思量却是，无情有思。萦损柔肠，困酣娇眼，欲开还闭。梦随风万里，寻郎去处，又还被莺呼起。

　　不恨此花飞尽，恨西园、落红难缀。晓来雨过，遗踪何在？一池萍碎。春色三分，二分尘土，一分流水。细看来，不是杨花，点点是离人泪。

　　像花又好像不是花，从没有人怜惜任它飘落满地。抛家离舍倚路傍，仔细思量却是，貌似无情也有愁思。萦绕离恨的柔肠频受折磨，娇媚的眼睛困倦，似睁非睁，似闭非闭。梦魂随风飘飞千万里，去追寻情郎的去处，却又被黄莺啼声惊起。

　　不怨恨这杨花已经飞尽，恨只恨西园百花凋落难连缀。拂晓一阵风雨后，哪能再见杨花的踪迹？早化成一池浮萍细碎，若把春色分成三分，二分已化为尘土，一分落入池水里。细细看那不是杨花，点点都是离人的眼泪。

水龙吟·次韵章质夫《杨花词》

最美的词

〇八一

　　苏轼的豪放词无人可及，婉约词亦不让他人。这首词作于哲宗元祐二年（1087年）前后，当时作者与章质夫都在汴京做官。这是一首唱和之作，作者明写杨花，暗抒离别的愁绪。

　　上片写杨花飘落的情景。开篇"似花"两句造语精巧，音韵和婉。一方面咏吟杨花，另一方面也是写人的情感，作者敏感地捕捉到杨花"似花非花"的独特之处：它名字叫做杨花，和其他的花一样都有开有落，这是它的"似花"之处；但同时它颜色浅，又没有香味，而且生得纤小，挂在枝条上很不起眼，又让人觉得它"非花"。"惜"字充满情感。"抛家"三句，以空灵之笔写杨花飘零的情形。作者在这里赋杨花以灵性，实是借花抒情。"萦损"三句，从花到柳，到离人怨妇，以气运笔，通畅贴切。最后几句把花和人合为一体，极言离人的愁苦哀怨。

　　下片言情。前两句笔势跌宕顿挫，用"不恨"、"恨"两相对照，抒发杨花无人怜惜的惆怅。"晓来"、"春色"六句，是对前面"抛家"、"萦损"的详细解释，杨花最后的结局是"一池萍碎"，或被碾为尘土，或被流水带去。收尾三句总揽一笔，把池中"萍碎"的杨花喻为离人的泪滴，想象奇特，虚实相生，妙笔生花。

　　这首词借杨花写离恨，情思厚重，含蓄深沉，笔法哀婉，怪不得王国维评其曰："和韵而似原唱。"

临江仙·梦后楼台高锁

北宋·晏几道

　　梦后楼台高锁，酒醒帘幕低垂。去年春恨却来时，落花人独立，微雨燕双飞。

记得小苹初见，两重心字罗衣。琵琶弦上说相思，当时明月在，曾照彩云归。

【译文】

梦醒后见楼台高锁，朱门紧闭，酒醒时见帘幕低垂。去年春天的遗恨涌上心头，一个人站在缤纷落英之中，一对燕子在微风细雨中飞翔。

还记得和小苹刚见面的时候，她穿着两层绣有心形图案的罗衣。琵琶声起，诉尽相思，那时的月亮而今仍在，它曾照着她彩云般美妙的身影回去。

临江仙·梦后楼台高锁

　　这是一首写诗人与歌女小苹久别后的怀人之作。全词通过对春景的描绘和对当年美好生活的追忆，表达了词人对小苹的深切怀念，抒发了作者对无常人生的感慨。

　　词的上半部分写春景。开篇两句对仗工整，使用互文的手法，写自己梦觉酒醒后所见之景。此时的景色在词人眼中已经染上了强烈的情感色彩，"楼台高锁"、"帘幕低垂"，这是怎样的凄凉之景？这样的景色有力地反映出词人心中的凄凉寂寞。"去年"一句转入对往昔的回忆。"去年"二字，点出两人分别已久。"落花"两句，写现在的景色，景虽美，人影单，反衬自己"恨"意之深，意境凄绝。随后以燕写人，更显词人形单影只，愁绪满怀。

　　词的下半部分写对小苹的思念。起首两句由"记得"领起，直写对"小苹"的追忆。"初见"两字，情意真切。"两重"一句写小苹的衣着，衬托其人之美。"两重心字"，写两人情投意合，心心相印。"琵琶"一句，继续推进，不仅写小苹善于演奏，更点出两人的感情已经很深，甚至连甜言蜜语都可省去了。结尾两句由月及人，前后呼应。"明月"古今共照，彩云却无迹可寻，可见作者伤之深、情之切。

　　这首词有景有情，有今有昔，有思有怀，情真意切，音韵和婉，实属佳作！

鹧鸪天·彩袖殷勤捧玉钟

北宋·晏几道

彩袖殷勤捧玉钟，当年拼却醉颜红。舞低杨柳楼心月，歌尽桃花扇底风。

　　从别后，忆相逢，几回魂梦与君同。今宵剩把银照，犹恐相逢是梦中。

　　当年你殷勤劝酒频举玉盅，我开怀畅饮喝得酒醉脸红。翩翩起舞直

鹧鸪天·彩袖殷勤捧玉钟

到月坠楼外树梢，尽情欢歌累得无力把桃扇摇动。

自从那次离别以后，我总是怀念那美好的相逢，多少回梦魂中与你相拥。今夜里我举起银灯把你细看，还怕这次相逢又是在梦中。

【赏析】

本词写作者与情人久别重逢后的情景，是晏几道情词的代表作。

上片写宴饮之乐，是对当年美好时光的追忆。"彩袖"点出所写女子的身份。作者面对美酒佳人，自然要醉个酣畅淋漓，可见两人情意之深。"舞低"二句，写歌舞之乐，用的是互文手法。"舞低杨柳"，一方面写欢乐的时间之长，月亮都坠到了杨柳之上，可歌舞犹在继续；另一方面也是写歌女身材窈窕，舞姿优美。"歌尽桃花"写狂欢的程度之深，到最后竟连举扇的力气都没有了，"桃花"写美人之面妩媚动人。这个热闹的场景非常有力地烘托出往昔时光之美好。

下片写重逢后的喜悦。开始两句从分别之后的相思写起，"几回"一句突出作者对歌女用情之深，相思浓烈。最后两句从杜甫《羌村》诗"夜阑更秉烛，相对如梦寐"的句子中化出，叙写两人重逢后亲密欢快的场景，意境委婉缠绵。作者的笔触从动作到心理，再到原因，把重逢的情景逼真地展现了出来。

本词声韵和美，意象清丽。忆往昔，如真似幻；写相逢，恍惚迷离。虚实结合，空灵深婉，是《小山词》中不可多得的佳作。

清平乐·留人不住

北宋·晏几道

留人不住，醉解兰舟去。一棹碧涛春水路，过尽晓莺啼处。

渡头杨柳青青，枝枝叶叶离情。此后锦书休寄，画楼云雨无凭。

苦苦留也没有把他留住，他醉醺醺解缆放船而去。船在碧波荡漾的春江疾驰，直到过尽晓莺啼叫之处。

渡头边杨柳郁郁青青，枝枝叶叶都满含离情。从此后不必再寄书信，画楼的欢爱他早忘个干净。

这是一首抒发离情别绪的离别词，主人公是一位年轻的女子。

词的上半部分写离别的情景。起首四字是对离别场景的一个大体交代：送者不舍，离者无情。接下来的一句写临别伐行，其中"醉"字用得很好，含义丰富：离人为什么会醉呢？是出行的愉快所致，还是临别的愁绪使然，需要借酒消愁才能舍情人而去。这一醉意味深长，引人深思。作者言至于此，给读者留下一个宽广的想象空间。"一棹"两句写景，女主人公心随离人，幻想他一路所见的风景，这正是典型的以乐景写哀情，充分反映了女主人公此时的落寞心情。

词的下半部分写离情。前两句借景抒情，情景交融。"杨柳青青"本是清新亮丽之景，但到了女主人公眼里，却是"枝枝叶叶"饱含"离情"。结尾两句是女主人公的气话，"锦书休寄"说不让他来信，"云雨无凭"更是绝情之语，似是要断绝这一段情意，但她为什么如此绝情？爱之深，恨之切，恨由爱生，恨之极，更见爱之深，其实她真正想对情人说的是一定要给自己来信，一定不要忘了画楼的美好时光。这两句把女主人公爱恨交织的心态描绘得淋漓尽致。

这首词情景交融，手法高超，匠心独运，收尾含蓄有力，非常感人。

卜算子·我住长江头

北宋·李之仪

我住长江头，君住长江尾。日日思君不见君，共饮长江水。

此水几时休？此恨何时已？只愿君心似我心，定不负相思意。

【译文】

我住在长江上游，你住在长江下游。每天都思念着你，却见不到你，只能以你我共饮长江水安慰自己。

江水何时流尽？离恨何时能止？只希望你的心跟我的一样，一定不要辜负这番相思。

【赏析】

这首词写一个女子对情人的深切怀念，语言清丽、通俗，颇有民歌风味。

词的上半部分写相思之情。开篇起兴，用长江之长暗示两人相隔之远，这是相思的因由，同时长江之长也指代相思之长，此情无限。随后两句紧接上文，直写相思之情，同时点明主题：这滔滔不绝的江水虽然让他们相隔千里，但同时也是他们之间唯一可以联系的载体，是相思之源。这几句含义丰富，含蓄蕴藉，令人深思。

词的下半部分直抒胸臆，是爱情的誓言。"此水"、"此恨"，连用两个问句，把江水和相思之情巧妙地融合到一起，可见相思之深切。以"江水"喻离恨，以江水之尽头喻离恨之尽头，可见恨之长，这两句化无形为有形，句法高妙。"几时休"、"何时已"，既是写作者的主观感受，希望此恨可以消尽，同时又在客观上写恨之无穷，用自然中具体的物象表达对爱情的忠贞，对比鲜明。最后两句是作者的美好期盼。

最美的词

卜算子·我住长江头

本词篇幅虽短，但把女主人公对情人的深沉思念、对爱情的坚贞和美好心愿表现得充分得体而又含蓄深沉。全词一唱三叹，重叠回环，哀怨缠绵。作者以俗语入词，通俗易懂，朴实贴切。总之，这是一首文人词与民歌相结合的佳作。

鹊桥仙·纤云弄巧

北宋·秦观

纤云弄巧，飞星传恨，银汉迢迢暗渡。金风玉露一相逢，便胜却人间无数。

柔情似水，佳期如梦，忍顾鹊桥归路。两情若是久长时，又岂在朝朝暮暮。

【译文】

轻柔多姿的云彩，变化出许多优美巧妙的图案，流星传递着牛郎和织女的离愁别恨。牛郎织女渡河相会。在秋风白露中，他们对诉衷肠，互吐心音，胜过无数人间凡情。

牛郎织女的缠绵柔情犹如天河中的悠悠流水，欢愉的时光如梦般短暂，怎忍心回望鹊桥上回去的路？两个人若是真情长在，心心相印，又何必贪求卿卿我我的朝欢暮乐？

【赏析】

这首词借神话传说歌颂美好的爱情。

词的上半部分写牛郎织女七夕相会。作者首先描绘了相会之地的优美环境：银河宽广，鹊桥之上，流云轻舞，飞星穿梭，好景醉人。下面几句是对两人相会情况的具体描述，作者在这里以"金风玉露"起兴，写两人爱情之纯洁高贵。牛郎织女七夕之日鹊桥相会，这是大家都知道的故事，而七夕正值秋季，"金风玉露"便是其典型景色，可见这一比喻形象妥帖。作者巧妙地以"金风玉露"衬托两人珍贵的相会，突出了他们之间爱情的纯洁无瑕和高贵脱俗。

　　词的下半部分详写相会的情景。前两句写两人此时此刻的心情。"柔情似水，佳期如梦"形象地点出他们心中的甜蜜和幸福。"佳期如梦"一写相会之甜美，一写相会之短暂，甜蜜和短暂交织，离别自然让人备感心痛，以至于他们都不忍心回头看一眼"鹊桥归路"。结尾两句

鹊桥仙·纤云弄巧

以议论表达作者的观点，讴歌坚贞的爱情，蕴含深邃的哲理。

本词语言清新自然，极富韵律，含蓄委婉，境界高妙，言有尽而意无穷，是婉约词中不可多得的佳作。

浣溪沙·漠漠轻寒上小楼

北宋·秦观

漠漠轻寒上小楼，晓阴无赖似穷秋，淡烟流水画屏幽。

自在飞花轻似梦，无边丝雨细如愁。宝帘闲挂小银钩。

【译文】

漫漫的春寒弥漫小楼，拂晓阴冷好似深秋，画屏上烟霭淡淡，流水悠悠，景色清幽。

自由自在的飞絮轻如梦幻，无边无际的细雨似缕缕哀愁，珍珠宝帘悄然挂上小小银钩。

【赏析】

这首词伤春怀人，抒发了深深的离恨。

上片写景。起首三句点出时间：清明的一场小雨之后。"花径"四句是对四种颇具特色的景物的特写：园中鲜艳的花朵，池塘中碧绿的池水，乳燕穿庭而过，飞絮坠沾襟袖。四种物象动静结合，又有贴切的动词相连，共同构成了一幅生机盎然的春景图。"正佳时"仍是写景，"仍晚昼"为下文作铺垫，由景到情。可到底是什么情，作者仍没有明说，只是说这种滋味似浓酒一般，让人迷醉。这个结尾含蓄巧妙，既是悬念，引人往下细读，又给读者留下空间，任你想象，同时又为下文的抒情作了铺垫。

下片抒情。开始一句写人因为相思日渐消瘦，从侧面反衬相思之浓。紧接着用"不见"与"见了"的哀愁写"长相守"的期盼，心理描写真实生动。可这样的愿望难以实现，所以作者只能转而埋怨上天，是它不让有情人终成眷属，这样的话以常人的口吻写出，让人更感心酸。结尾两句情景交融，以景写情，以如结的柳芽喻离人心中的愁结，新颖别致，形象生动，化无形为有形，妙笔生花。

　　本词用语浅白，写景则华丽浓艳，抒情则含蓄深婉，确有柳三变之遗风。

浣溪沙·漠漠轻寒上小楼

减字木兰花·天涯旧恨

北宋·秦观

天涯旧恨，独自凄凉人不问。欲见回肠，断尽金炉小篆香。

黛蛾长敛，任是春风吹不展。困倚危楼，过尽飞鸿字字愁。

【译文】

远隔天涯旧恨绵绵，凄凄凉凉孤独度日无人问讯。要想知道我是如何愁肠百结，就像金炉中燃尽的篆香。

长眉总是紧锁，任凭春风劲吹也不舒展。困倦地倚靠高楼栏杆，看那高飞的雁行，字字都是愁。

【赏析】

这是一首托拟思妇口吻的闺怨词，以一个"愁"字贯穿全篇。

上片直抒胸臆，"天涯"写情人远在千里之外，"旧恨"写与情人分别已经很久，只用四个字就言尽了时空的巨大阻隔，为下文抒情奠定基础。"人不问"其实是写情人不问。这两句以情语起笔，突兀陡峭，很有力度。接下来两句寓情于景，写愁肠萦绕，如"篆香"盘旋，百转千回。"断尽"二字用得尤妙，以篆香喻回肠，虚实结合，情景交融。上片前两句直接抒情，后两句寓情于物，参差顿挫，笔法灵活。

下片写主人公的愁态。春暖花开，大地一片生机盎然，可就连春风都吹不展主人公紧锁的双眉；百花盛开，芳草鲜美，可就连这样的美景都化不开她的愁思。这两句造语新奇，想象丰富，妙笔生花。结尾两句，交代女主人公满腹愁怀的原因。高楼望断，怀远情殷，"困倚"、"过尽"言站立时间之长，哀伤失望之深。"过尽"飞鸿暗示并无情人音信到来，"字字愁"用词巧妙，叠字不仅生韵，而且给人愁思加倍的感觉，对句意贡献尤大。短短四句话，选取了多种角度写离愁，构思巧妙。

全词以"愁"字贯穿，用语凝练，情感深沉，体现了作者"体制淡雅，气骨不衰，清丽中不断意脉"的词风。

踏莎行·雾失楼台

北宋·秦观

雾失楼台，月迷津渡，桃源望断无寻处。可堪孤馆闭春寒，杜鹃声里斜阳暮。

驿寄梅花，鱼传尺素，砌成此恨无重数。郴江幸自绕郴山，为谁流下潇湘去。

【译文】

层层浓雾遮住了楼台，朦朦月色认不清渡口，天涯望断也难寻桃源在何处。谁能忍受寂寞客舍的料峭春寒，杜鹃声声一天又到黄昏晚暮。

驿站转寄来的梅花，还有远方捎来的家书，在我心中堆砌成无穷愁苦。郴江本就围绕着郴山，如今是为谁流下潇湘去。

【赏析】

这首词作于宋哲宗绍圣四年（1097年），作者因与旧党牵连，屡次被贬，当时在郴州旅店时作此词，以抒流离之苦与思乡之情。

上片写作者登高望远。起首三句，写夜雾朦胧，意境迷离。"迷"字与"望断"、"无寻处"对应，不仅写景，更是通过视觉上的恍惚迷离，暗示词人心中的茫然无措，隐隐透露出理想落空的哀怨。"可堪"二句写自己周围的环境，景物萧然，更显居处之苦。"孤馆"、"春

最美的词

〇九五

寒"是身心的感受，"杜鹃"、"斜阳"是耳目的见闻，它们共同营造出一种孤寂凄迷的氛围，寓情于景、借景抒情。作者在这里因情造景，手法高超，令人深思。

下片写贬谪之愁。"驿寄"三句写友人给自己寄梅写信，关怀有加，从而更进一步衬愁思之深。"砌成"二字，精练形象，妙笔生花。愁思原本无形，可"砌"字赋其以具体可感的形象。原来词人心中的愁恨如此深沉，竟然如砖石垒砌，难以消除。结尾两句落于景语，结于问句，表达了自己飘忽不定、居无定所的哀伤和对故乡的深情思念，妙句天成，只能偶得，不可强求，传说东坡将其写于扇面之上，异常珍爱。

这首词借景抒情，因情造景，颇见功力。尤其是结尾两句以山水之景写羁旅之愁，别开生面。

满庭芳·山抹微云

北宋·秦观

山抹微云，天粘衰草，画角声断谯门。暂停征棹，聊共引离尊。多少蓬莱旧事，空回首、烟霭纷纷。斜阳外，寒鸦万点，流水绕孤村。

销魂，当此际，香囊暗解，罗带轻分。漫赢得青楼，薄幸名存。此去何时见也？襟袖上、空惹啼痕。伤情处，高城望断，灯火已黄昏。

【译文】

远山抹上一缕淡淡的白云，枯黄的草与低天粘连，谯楼上画角声时断时闻。远行的船请暂停下，让我们把离别的苦酒共饮。多少蓬莱阁的往事，如今空自回首，都化作纷纷飘散的烟云。远望斜阳外，千万只寒鸦在飞舞，江水静静地绕过孤村。

黯然销魂啊，此时此刻，我暗暗解下香囊相送，你把罗带同心结轻分，就因此我在青楼落了个薄情郎的名声。这一去何时才能相见，襟袖上空留下斑斑泪痕。最伤情的是，站在高高的城墙上极目张望，灯火闪烁，天已到黄昏。

【赏析】

这首词境界凄清，蕴藉深沉，融伤感别情和功名失意于一处，是秦观最优秀的别情词之一。

上片写别离。开篇两句用语精奇，对仗工整。"抹"字写山间云

满庭芳·山抹微云

层，颇具质感，像是用画笔在山腰处抹了一下，清淡高远。"画角"句从听觉写哀情。"暂停"几句写离别，以"多少蓬莱旧事"暗指昔日欢情。"暂"字写留别之短，"聊"字写心中之愁。"烟霭纷纷"一方面写实物的烟霭朦胧，另一方面写心中的迷离感伤，两者在这里有机融合，虚实相间，情景交融，堪称妙笔。最后几句寓情于景，用斜阳、寒鸦、流水、孤村等意象传达伤感落寞的情怀。

下片言情。"销魂"四句，写别离的情景。"青楼"、"薄幸"，从杜牧以"扬州梦"、"薄幸名"闲情寄愤的诗意中化出，抒写自己仕途失意的悲苦。仕途坎坷，恋人生别，此外还有"薄情"的恶名加身，哀怨至此，情何以堪，于是作者禁不住问一句"此去何时见也"，当然，答案只能是"襟袖上，空惹啼痕"。"空"字写前途未卜、聚散难期的预想，悲上添苦。最后几句融情入景，对应开篇几句，把满怀心事尽付其中，含蓄委婉，蕴藉深沉。

本词正如周济所说："将身世之感，打入艳情，又是一法。"其情调哀婉缠绵，气格低沉阴郁，风格和笔法都和柳永相似。但造语精奇，颇得历代词家的赞赏，难怪苏轼直称秦观"'山抹微云'秦学士"。

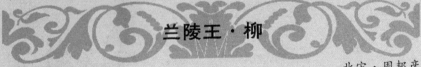

兰陵王·柳

北宋·周邦彦

柳阴直，烟里丝丝弄碧。隋堤上、曾见几番，拂水飘绵送行色。登临望故国，谁识、京华倦客。长亭路，年去岁来，应折柔条过千尺。

闲寻旧踪迹，又酒趁哀弦，灯照离席。梨花榆火催寒食。愁一箭风快，半篙波暖，回头迢递便数驿，望人在天北。

凄恻，恨堆积。渐别浦萦回，津堠岑寂。斜阳冉冉春无极。念月榭携手，露桥闻笛。沉思前事，似梦里，泪暗滴。

【译文】

柳树的阴影浓密笔直，烟雾里万缕千丝炫耀青碧。在隋堤上，曾见过多少拂水柳条飘舞杨絮送行客。登上高处远望故乡，谁能理解我这京华倦客？在这十里长亭的路上，我迎来送往年复一年，折下的送客柳枝多过一千尺。

今天我闲寻旧日游踪，不料又赶上离宴弦乐哀伤，昏暗的灯光气氛悲恻。正当梨花开、取榆火的寒食节。愁看友人的船快如离弦之箭，长篙的一半没入温暖的春水，一回头便远远驶过数站，送行人还站在天之北。

我是这样的凄凉伤心，离恨沉沉地在心头堆积。渐渐地，岸边只有水波萦回，渡口土堡一片静寂，夕阳沉沉西下，春色弥漫天际。想起曾与你月下水榭携手，在露湿的桥头听笛，沉思那如烟往事，就像是在梦里，不由得暗自流泪。

【赏析】

这是一首写离情别恨的羁旅词。

上片以柳起兴，写作者隋堤送客，折柳伤怀。"柳阴直"数句，铺述当时送别的情景。"柳阴直"写堤边的柳树排列整齐、树干笔直。"烟里丝丝草碧"写柳丝纤柔惹人。"弄"字给人一种轻柔、迷离的美感。就是在这样美好的环境中，作者却一次又一次亲见行人远去的情景。"登临"二句插入一笔，写作者登堤远望，因眼见众多的送别者而涌起思乡之情，他静静地遥望故乡，满腔全是对羁旅生活的厌倦，却无人可与诉说，心中的苦闷可想而知。"长亭路"三句又把视角转回柳树：这送别之地的柳条该已折下千尺了吧，但为什么总是没有一尺是为自己而折？作者拿离别之人和自己对比，突出自己返乡不得的苦闷。

中片写饯别，抒离恨。"闲寻"因自己只是"登临望故国"，所以才有闲思雅致追忆送别他人的种种情景。"又"、"愁"是两个转折，首先回忆昔日的哀弦、离宴，用梨花开、偷榆火、寒食将近，暗示出昔日的分别也是在这个时节；后面几句是分别之后的设想。行舟离岸，风顺帆满，这本是行人所希望的，但作者在这里却用了一个"愁"字，为什么呢？想来一定是因为有人让他不舍。猛然回首，那人已远在天边一般，身影难辨。最后一句充满凄凉、伤感。

下片写离愁别恨。"凄恻，恨堆积"写自己游宦京城，有家难归的凄凉、怨恨。"渐别"三句，写残阳的余晖之中，送别者已经离去，隋堤汴河水湾、津渡土堡等都渐渐归于沉寂。只有柳丝掩映斜阳，荡漾着无边春色。以乐景写哀情，让人更添愁怀。"念月榭"两句是对"故国"前事的追思，当年与亲友、佳人携手听笛的美好时光又梦幻般浮现，让人只能追怀，却再也无法重现。此情此景，怎不让人泣下？

这首词寓情于景，情景交融，结构严谨，含蓄曲折，意境幽远。本词在当时就脍炙人口，被时人称为"渭城三叠"。

蝶恋花·月皎惊乌栖不定

北宋·周邦彦

月皎惊乌栖不定。更漏将阑，辘轳牵金井。唤起两眸清炯炯，泪花落枕红绵冷。

执手霜风吹鬓影。去意徊徨，别语愁难听。楼上阑干横斗柄，露寒人远鸡相应。

【译文】

　　皎洁的月光惊得乌鹊栖息不定，滴漏将尽天色明，水井上传出辘轳汲水声。唤起闺中人双目亮炯炯，红绵枕上泪水斑斑湿又冷。

　　执手相看，秋风吹得鬓影乱，难舍难分意绪徊徨，离别话太悲愁，一句也不忍听。登楼望，北斗星低移，夜已深，寒露中，人已走远，传来阵阵鸡鸣。

蝶恋花·月皎惊乌栖不定

最美的词

一〇一

这是一首写离愁别恨的闺怨词。

上片写离别前的情景。开始三句自成一部分，写时间由深夜过渡到天将破晓。第一句点出行人即将离去，彻夜未眠。乌啼、残漏、辘轳都使行人难以入眠，这三句从听觉上写离人临行前的情态，他无法入睡，于枕上静听夜声。随后两句写别情。"唤起"一句是一个特写镜头，虽未直接写情，但离人双眼清烱，亦巧妙地表达出其心中的哀伤、悲痛之情。"烱烱"写其目光明亮闪烁，结合下句的"泪花"二字，可以看出他曾经哭过，所以双眼才会"烱烱"。"落枕红绵冷"转换视角，写其情人亦是一夜无眠，泪湿红枕。

下片写离别时的情景。"执手"三句写临行前两人难舍难分。"霜风吹鬓影"，写离别之日情人悲伤满怀，甚至连梳妆的心情都没有了。这一句生动形象，以实笔写出，可见离别的那一刻在行人心中留下了无法磨灭的印记。"楼上"两句写别后的境况。首先写闺房，然后写旷野，一笔写两人，颇见作者功力。闺中人怀远之思，离人眷恋之情，都是无法用语言来表达的，所以最后一句落于景语，意味深长。

这首词篇幅虽短，但情真意切，笔法高妙，感人肺腑。

忆王孙 · 萋萋芳草忆王孙

北宋 · 李重元

萋萋芳草忆王孙，柳外楼高空断魂，杜宇声声不忍闻。欲黄昏，雨打梨花深闭门。

【译文】

萋萋芳草让我思念郎君，杨柳树外楼阁高耸令人断魂，更不忍去听

忆王孙·萋萋芳草忆王孙

杜鹃声声哀鸣。天色临近黄昏，暮雨打落梨花独自紧闭院门。

词人共作《忆王孙》四首，分别为"春词"、"夏词"、"秋词"、"冬词"，这是第一篇"春词"，写闺中女子的春愁。

第一句"萋萋芳草忆王孙"从刘安《招隐士》赋"王孙游兮不归，芳草生兮萋萋"的句子中化出，点出时间，即暮春时节。随后一句写女主人公登楼远眺，期望日思夜想的情人能马上归来，回到自己的身边，但离人终于不见踪迹，于是她情不自禁，悲从中来。"杜宇"句写杜鹃凄厉的鸣叫也让她倍感伤怀，可见悲情之切。"欲黄昏，雨打梨花深闭门"，写黄昏将至，小雨淅沥，打得梨花满地，离情别绪进一步加深。女主人公本就愁绪满怀，再加上这凄风苦雨，岂不更加黯然销魂。她再也不忍看那满地的落花，匆匆地关了门户，不再见人。这一句言近旨远，令人回味。

这首词层层渲染，环环相扣，一直到收尾的"深闭门"，强烈的情感戛然而止，给读者留下宽广的空间去想象，可谓意味深长。

青玉案·凌波不过横塘路

北宋·贺铸

凌波不过横塘路，但目送、芳尘去。锦瑟华年谁与度？月台花榭，琐窗朱户，只有春知处。

碧云冉冉蘅皋暮，彩笔新题断肠句。若问闲愁都几许？一川烟草，满城风絮，梅子黄时雨。

　　她的莲步并没有越过横塘路，我心怀感伤地目送她的身影远去。她美好的年华与谁共度？她是住在月下小桥流水的花院里，还是贴有花窗的朱门大户之中？恐怕只有春风才知道。

　　白云悠悠，蘅皋城暮色渐浓，我拿起笔写下令人断肠的诗句。要问我的愁情有多少？就如那无边无际的烟草地，满城随风飞舞的柳絮，梅

青玉案·凌波不过横塘路

子黄时的缠绵细雨。

【赏析】

这首词是作者晚年隐居苏州时所作，明写相思，暗寄愁苦。

词的上半部分写作者偶遇佳人。"凌波"二句，写作者路遇佳人，一见倾心。在这里，作者并没有正面描写两人相逢的情景，而是以曲笔细描佳人的离去，可见作者选材、构思上的功力。"凌波"两字从曹植《洛神赋》"凌波微步，罗袜生尘"的句中化出，与"芳尘"一起，共同描绘出一个既真实可感，又朦胧隐约的佳人。"锦瑟"四句是作者对往日的追怀，"锦瑟华年"写她韶华之好；"月桥花院"写她生活环境之美；"琐窗朱户"写她居室之丽。这样绝世倾城的美丽佳人，又有谁能和她共度美好时光呢？恐怕只有春天知道，此说含蓄蕴藉，有珍惜，有爱慕，有忧伤，有无奈，言有尽而意无穷。

词的下半部分写闲愁。"飞云"两句，写蘅皋的日落之景，饱含作者期会佳人而不得的痛苦、感伤。"暮"字极言愁怀之深。那么，这闲愁究竟有"几许"呢？作者并没有从正面回答，而是连用三个比喻作答："一川烟草"视野开阔，从平面上言愁之漫无边际，暗含凄凉；"满城风絮"从空间上言愁之深沉繁多，突出愁之飘忽；"梅子黄时雨"从时间上言愁之漫长，凄迷不绝。这三句以景言情，妙笔生花，把愁绪写得具体、形象，似触手可及，是难得的佳句，历来为人们所称道。

清平乐·春晚

北宋·王安国

留春不住，费尽莺儿语。满地残红宫锦污，昨夜南园风雨。

小怜初上琵琶，晓来思绕天涯。不肯画堂朱户，春风自在杨花。

怎么也未能把春留住，白白地让黄莺唱个不停。满地都是脏污的红锦落花，是昨夜一场风雨的侵凌。

小怜姑娘刚刚弹起琵琶，拂晓她思绪万千萦绕天庭。看那不肯进入豪门大户的杨花，自由自在地漫舞春风。

清平乐·春晚

最美的词

一〇七

这首词伤春惜时，流露着作者对逝去年华的留恋和感慨，在他的笔下，暮春有着圣洁的品质，全词笔法新奇，很受人们喜爱。

上片写暮春之景。起首两句，"莺儿语"是暮春特有的景象，所以点明了时节。"费尽"二字赋莺儿以情感，写黄莺啼叫是在挽留将逝的春天，其实莺本无情，真正想挽留春驻的是词人自己。这里作者运用拟人的手法，借黄莺之口抒发自己的惜春之情，可谓独具匠心的一笔，同时也流露出作者因春天逝去而生的失落。"满地残红"是暮春之景，作者比之以被污损的宫锦，足见怜惜之深切。

下片言情。"小怜"二句视角转换，从视觉到听觉：词人在深深的惋惜中不能自拔之时，忽闻琵琶呜咽，这哀伤之曲动人情思，缠绕天涯。作者在这里倾诉的是眼见春将逝去，自己却虚度年华的感慨，透露了自己年华老去，无可奈何的悲情。结尾作者赞叹自由自在的杨花，虽然行将穷尽，但依然心志不移，不肯飞入那画堂朱户。

本词几乎通篇写景，着笔于声、色，但景中含情，寓情于景，笔法高超，堪称精妙。最后一句赋杨花以人的品质，表现出作者对生活的乐观态度和美好期盼。

蝶恋花·欲减罗衣寒未去

北宋·赵令畤

欲减罗衣寒未去。不卷珠帘，人在深深处。红杏枝头花几许？啼痕止恨清明雨。

尽日沉烟香一缕。宿酒醒迟，恼破春情绪。飞燕又将归信误，小屏风上西江路。

想减一件罗衣寒气还未去。不愿卷起珠帘，独自一人待在闺房深处。不知红杏枝头花还有多少？泪流不断只恨绵绵清明雨。

整天面对沉香青烟缕缕，昨夜酒醉迟迟未醒，满怀惆怅恼恨春已去。飞燕又将他的归信耽误，只好凝望屏风上的西江路。

【赏析】

这首闺怨词篇幅虽短，但暗寄深怀，风格清峻，高雅脱俗，颇具特色。

词的上半部分写景。开始三句是对人物的动态描写，烘托主人公初春时的心理状态。"寒"字一方面写气候之寒，另一方面也是写主人公心绪之凄凉。这三句话并未从深处着笔，但曲笔写情，亦使我们感受到了主人公深深的落寞、惆怅。"红杏"两句，是对无情风雨摧残花朵的怨语，"花几许"一句是一个反问，并不需要回答，突出了主人公对花的关切。至"啼痕"句，人花莫辨，写花残，更叹人生如花，最后同样会含泪凋零，化作尘灰。

词的下半部分写心绪。开始三句，笔锋一转，写女主人公心中的苦闷、凄凉。深闺之中，整日与她相对的只有一缕缕的沉香，她借酒消愁，反而愁上添愁。"恼破"一句总写，使伤春的愁绪达到高潮。最后两句交代女主人公愁绪深沉的原因——怀远念归。词人在这里并不明写离人音书断绝，而是借物言情，移情于燕，笔意深婉，而且用一个"又"字突出两人分别时间之长。苦无聊赖之时，主人公只有空对着屏风，黯然伤神，这样的情景又让她回想起昔日离别时爱人消失于西江路上的情景，哀怨绵长。

这首词言情写景，含蓄深婉。最后一句情景交融、虚实相间，意境幽深、情思浩渺，确是难得的佳句。

如梦令·常记溪亭日暮

南宋·李清照

常记溪亭日暮，沉醉不知归路。兴尽晚回舟，误入藕花深处。争渡，争渡，惊起一滩鸥鹭。

【译文】

常常想起在溪亭玩到天黑的情形，喝得大醉不知道回家的路。在傍晚兴高采烈地尽兴撑舟往家赶，没想到误入了溪中荷花丛中。小舟奋力从荷花丛中冲出来，水声激荡，惊得溪滩上的所有水鸟都飞起来了。

【赏析】

这是李清照早期的一首小词。词人追忆其少女时代的一次游玩，重点是描写醉酒之后荡舟归家的情景。全词虽然仅仅选取日常生活的一个小片断，笔墨很少，但把人物的动作、情态、心理和环境氛围都描绘得有声有色，表现了快乐活泼、幸福甜美的生活情趣。全词的最大特点是运用人景相融，由静及动，层层递进的艺术手法。起首，先写"溪亭"、"日暮"，后写"沉醉"的少女，景静人也静；中间，先写少女"回舟"，"误入"花丛，后写花丛深处，人动景却静；结拍，先写驾舟"争渡"的少女，后写惊飞的鸥鹭，人动景也动。这样，就逐步深入地展现了景物的美丽和人物的喜悦，有对比又有层次地将自然美和人心美、静态美和动态美熔为一炉，给人以多重的享受。

如梦令·常记溪亭日暮

如梦令·昨夜雨疏风骤

南宋·李清照

昨夜雨疏风骤,浓睡不消残酒。试问卷帘人,却道"海棠依旧"。"知否?知否?应是绿肥红瘦。"

【译文】

昨天夜里雨稀稀落落地下,风疾速地刮,夜里的熟睡,并没有消除

醉花阴·薄雾浓云愁永昼

残余的酒意。问正在卷窗帘的侍女，那院子里的海棠怎么样了？侍女漫不经心地说和以前一样。你知道吗？你知道吗？应该是绿叶显得多了，红花则显得少了。

【赏析】

　　这是李清照早期的惜春小词，也是脍炙人口的名作。这首小令只有六句，却塑造了两个性格迥异、栩栩如生的人物——对春色体察入微的女主人和对春色漠不关心的侍女，生动地表现了女主人惜春怜己的心情。本词的基本手法是通过极其精练的人物对话来写景抒情。以对话入词，本来就颇为罕见，富于独创性，而本词的对话含蓄巧妙，层次曲折，且遣词造句，甚为新奇。当一夜疏雨骤风过后，女主人从深醉、浓睡中醒来，非常关切地问侍女花怎么样了。极有情的问话，得到的却是极淡漠的回答。女主人不由得愠怒，质问侍女："知否？知否？应是绿肥红瘦。"这句质问，不仅描写了女主人对春色观察之细、喜爱之深，而且淋漓尽致地表现了其惜花惜春的心情和对于红颜易老的感叹。"绿肥红瘦"一句，运用形容人之体态的"肥"、"瘦"来描绘绿叶和红花的"多少"，想象是那么奇丽，语言是那么精美，不愧是千古名句。正如宋代陈郁在《藏一话腴》中所说："李易安工造语，《如梦令》'绿肥红瘦'之句，天下称之。"

醉花阴·薄雾浓云愁永昼

南宋·李清照

　　薄雾浓云愁永昼，瑞脑消金兽。佳节又重阳，玉枕纱厨，半夜凉初透。

东篱把酒黄昏后，有暗香盈袖。莫道不销魂，帘卷西风，人比黄花瘦。

【译文】

从清晨稀薄的雾气到傍晚浓厚的云层，这漫长的白昼，阴沉沉的天气真使人愁闷。那雕成兽形的铜香炉里，龙脑香已渐渐烧完了，可心中的愁思为何总缕缕不绝呢？又到了重阳佳节，枕在玉枕上，睡在纱帐里，半夜凉气开始袭透。

重阳节傍晚，在东篱下菊圃前把酒独酌，幽香充满衣袖。不要说因情所伤，魂魄离散，萧瑟的秋风摇动门帘，屋内的人比那菊花还消瘦。

【赏析】

这是李清照在重阳节因思念丈夫而作的一首词。全词表面上写词人深秋时节的孤独寂寞之感，没有一句直接抒写对丈夫的思念，但通过塑造一个满目愁苦、面容憔悴的深闺妇女形象，含蓄而深切地表现了词人佳节之时对丈夫的极度思念之情。

词的上阕描述了重阳节词人从白昼到深夜整整一天的所见所为所感，明写愁苦。不管是"薄雾"、"浓云"等自然景物，还是"瑞脑"、"金兽"等生活物品，在词人的眼中，全被一个"愁"字所笼罩。到了深夜，枕玉枕，睡纱厨，仍然是"凉初透"，更使人倍感愁苦之重。

词的下阕在上阕描写重阳节一天生活的基础上，截取了赏菊的生活片断，暗写愁苦。先写了词人在黄昏时，菊花旁一人独饮，借酒消愁，而"盈袖"的花香，又引起了她更深的愁苦。重阳节赏花饮酒，本是文人的一大乐事。可是，由于丈夫不在身边，词人却这般愁苦，不禁发出了令人心碎的内心独白："莫道不销魂，帘卷西风，人比黄花瘦。"这三句可谓神来之笔，将词人销魂荡魄的思念之苦，形象、生动、奇妙地表现到了极致。

元人伊万珍在《琅环记》中记载：李清照把这首词寄给丈夫赵明诚，明诚也想写出几首，与妻子应和。于是"一切谢客，忘食忘餐者三日夜，得五十阕，杂易安作，以示友人陆德夫。德夫玩之再三，曰：'只三句绝佳。'明诚诘之。曰：'莫道不销魂，帘卷西风，人比黄花瘦。'正易安作也。"此说虽只是一则故事，未必属实，但它的构想与流传，却说明这首词确是千古名词，这三句确是千古名句。

一剪梅·红藕香残玉簟秋

南宋·李清照

红藕香残玉簟秋。轻解罗裳，独上兰舟。云中谁寄锦书来？雁字回时，月满西楼。

花自飘零水自流，一种相思，两处闲愁。此情无计可消除，才下眉头，却上心头。

【译文】

荷已残，香已消，冷滑如玉的竹席，透出深深的秋凉。轻轻脱换下薄纱罗裙，独自泛一叶兰舟。仰头凝望天空，那白云舒卷处，谁会将锦书寄来？正是雁群排成"人"字南归时候，月光洒满这西边的亭楼。

花，自在地飘零，水，自在地流。一种离别的相思，你与我，牵动起两处的闲愁。啊，无法排除的是这相思，这离愁，刚从微蹙的眉间消失，又隐隐缠绕上了心头。

【赏析】

这首词是李清照前期的别愁之作，采取借景抒情与直接抒情相结合的艺术手法，抒发了词人对丈夫的思念之情。上阕，主要是借景抒情，先是概括地描写秋色，为全词营造了一个凄凉的氛围，然后按照时间顺序，写了词人从昼到夜一天之内所做之事，所见之景，所生之情，透露了词人寂寞惆怅的心境和对丈夫家书的急切期待。

词的下阕，第一句借景抒情，用"花自飘零水自流"隐喻岁月无情地流逝，暗示夫妻应该珍惜时光，朝夕厮守。后面的五句转入直抒情

一剪梅·红藕香残玉簟秋

怀的内心独白。这五句语言十分质朴，但艺术感染力极大。前二句写两个心心相印的人，愁苦在两处，相思却一样，写出了相思之深，愁苦之烈。结拍三句是历代传诵的名句，抓住了人物最典型的面部表情和内心感受，极为传神地表现了词人的情思。"心头"上的愁思不知比"眉头"上的愁思要深多少倍，但词人却说"才下眉头，却上心头"，更使人感到相思之苦愈来愈浓，愈来愈重，无法抑制，无法排解！

声声慢·寻寻觅觅

南宋·李清照

寻寻觅觅，冷冷清清，凄凄惨惨戚戚。乍暖还寒时候，最难将息。三杯两盏淡酒，怎敌他、晚来风急。雁过也，最伤心，却是旧时相识。

满地黄花堆积，憔悴损，如今有谁堪摘？守着窗儿，独自怎生得黑？梧桐更兼细雨，到黄昏、点点滴滴。这次第，怎一个愁字了得？

【译文】

昔日的欢乐已经逝去，茫茫失落呵便反反复复去寻寻觅觅，时时处处感到周围冷冷清清，情怀悲苦呵凄凄惨惨戚戚。正是乍暖还寒的秋季，最难调养休息。饮三杯两盏淡酒，怎能抵御它，晚来的冷风吹的紧急。正是伤心之时，大雁飞过去了，却原来是旧日相识。

满地的菊花零落堆积，它憔悴瘦损，如今有谁能将它采摘？守着窗儿，独自怎么才能熬到天黑！梧桐凄凄，又加之细雨淋漓，到黄昏时分，那雨声还点点滴滴。这情景堪绝堪泣，怎能用一个"愁"字了结？

【赏析】

这首词写于李清照晚年，是其最著名的代表作，也是脍炙人口的千古绝唱。本词描述了词人在萧杀的秋日黄昏所见所感的种种极具典型特征的愁景愁境，表现了词人历经国破、家亡、夫逝等众多劫难之后难禁难耐、难堪难诉的愁情。

此词主要采取了直接铺陈描写、层层深入推进的艺术手法。艺术构思高奇，谋篇布局巧妙。上阕起首三句"寻寻觅觅，冷冷清清，凄凄惨惨戚戚"，一连用了十四个叠字，既将胸中的凄惨心情喷薄抛出，又对这种心情进行了极有层次地抒写，既大笔渲染，又细毫刻描的凄惨之感，为全词打开了抒写愁情的大门。接着，就用乍暖乍寒、晚风淡酒、相识归雁、满地黄花、独守窗户、怎生得黑、梧桐细雨等悲凉景物和境况，不断掀动人物情感上的波澜，使愁情越来越大，越来越猛。结尾用"这次第，怎一个愁字了得"，将愁情的波澜推向无限深、无限广的感情大海。这个结句实在高妙。全篇写"愁"，最后却说这一切不能用"愁"字了结，写尽了愁情的难言难诉、无边无际。

本词在语言的运用上历来为词人论者所赞赏。首先是叠字的运用，不但大胆新奇，前无古人，而且毫无雕琢的痕迹，自然贴切地表现了词人的情感。其次，大量叠字、舌音、齿音的交替运用，不仅有利于表现词人那种久压心底、急于喷出的愁苦心情，而且增强了全词的声调美和乐章特色。最后以口语入词，又发清新之思，无陈旧浅陋之感，令人叹绝。

武陵春·风住尘香花已尽

南宋·李清照

风住尘香花已尽，日晚倦梳头。物是人非事事休，欲语泪先流。
闻说双溪春尚好，也拟泛轻舟。只恐双溪舴艋舟，载不动许多愁。

风停了，尘土散发着落花的香气，所有的花都已经凋谢光了，天晚懒得梳头。景物依然如故，人却不似往昔了，因而事事都完了，还未开口说话那眼泪却已先流下来。

听说双溪的春色还在，也准备前去划舟赏春。却又担心双溪的小船，承载不住我那沉甸甸的愁绪。

【赏析】

这是李清照的代表词作之一，写于宋高宗绍兴五年（1135年）避乱于金华之时。本词描述了词人暮春时节的所见所感，抒发了其因国破、家亡、夫逝、自己漂泊等种种苦难而产生的无法排遣的愁绪。上阕主要是通过描写暮春景物和词人的外部形象抒情。首句描写"风住尘香花已尽"的暮春景象。这被恶风扫荡的春色，与词人被战乱破坏的生活极为相似，因而虽然是写景，但抒情已在其中了。这种景象自然引起了词人的愁思，于是第二句就写词人在天很晚时，仍然懒得梳头。三、四句纵笔直抒愁苦心情。"物是人非"，点明一切愁苦的原因，"事事休"表达了因愁苦导致失望的心理状态，而"欲语泪先流"则利用典型性的外部动作，进一步表现了内心苦楚的浓重，已经达到了无法倾诉的程度。

按说，上阕已经将愁苦写尽了，但下阕却突出奇笔，通过描写词人的心理活动深入抒情。过拍一句，笔锋陡转，写"闻说双溪春尚好"。这句与上阕首句的"花已尽"相对照，形成一折。因"春尚好"，第六句自然就是"也拟泛轻舟"了，这与上阕的"懒梳头"、"事事休"，又形成第二折。可是正当我们渴望看到"泛轻舟"的欢乐景象时，词人又一次陡转笔锋，来了一个第三折："只恐双溪舴艋舟，载不动，许多

武陵春·风住尘香花已尽

愁。"这种一波三折的手法，表现了词人那种极力想摆脱压在心头的无穷无尽愁苦，但总也摆脱不了的复杂心态。这愁苦实在已太浓、太重了。这样写还使全词跌宕起伏，不时出现意外之笔，更加引人入胜，倍增艺术魅力。结拍三句，词人用奇丽的想象和朴素的语言，赋予无形的"愁"以重量，连船都"载不动"，将抽象的情感具体化、形象化了，产生了巨大的艺术效果，成为千古传诵的名句，后世许多诗人词家模仿、化用，但总是不如此词用得绝妙。

满江红·怒发冲冠

南宋·岳飞

怒发冲冠，凭栏处、潇潇雨歇。抬望眼，仰天长啸，壮怀激烈。三十功名尘与土，八千里路云和月。莫等闲、白了少年头，空悲切。

靖康耻，犹未雪。臣子恨，何时灭。驾长车，踏破贺兰山缺。壮志饥餐胡虏肉，笑谈渴饮匈奴血。待从头、收拾旧山河，朝天阙。

【译文】

怒发冲冠，凭栏远望，急风骤雨刚刚停歇。抬头远望苍穹，情不自禁地仰天长啸，忠君报国之情盈满心间，澎湃不已。三十年的功名利禄如浮云尘土，八千里的征程何惧追云赶月。不要虚度青春，等头发斑白才暗自伤悲。

靖康时期的耻辱，还不曾洗雪。臣子的复仇之恨，何时能灭？发誓要以战车踏平贺兰山口。胸有凌云壮志，饿了就饱餐敌人的肉；谈笑风生，渴了就痛饮敌人的血。待我重新整顿光复旧时山河，以此为国家献捷。

　　《满江红》是岳飞的代表作，充分反映了他抗金救国的雄心壮志和慷慨豪迈的英雄气概。

　　词的上半部分抒写作者渴望建功立业的凌云壮志。"怒发冲冠"一句，以磅礴的气势开篇，随即稍顿笔锋，颇有节奏感。之后笔锋直上，转为"仰天长啸"，抒发精忠报国的壮志豪情。然后作者借"三十功名

满江红·怒发冲冠

尘与土，八千里路云和月"两句剖白心迹：他出生入死，为的不是功名利禄，这些东西在他眼中犹如烟云尘土一般；他真正追求的，是保家卫国，存我社稷，还我河山。为了达到这个目的，他宁可一生戎马，即使只有征途上的云月为伴，也不以为苦。这两句，把岳飞的豪情壮志表露无遗。最后三句紧承上文，是作者的自勉之语。

词的下半部分引史入诗、以史为鉴、以史为鞭，传达出作者杀敌报国的决心与自信。"靖康耻，犹未雪；臣子恨，何时灭"四句，是全诗的中心，交代了作者如此渴望收复山河的原因。其后的"饥餐"、"渴饮"，以夸张之笔表达了作者对敌人的憎恨，同时也表现出作者收复河山的信心和英勇的乐观精神。"待从头、收拾旧山河，朝天阙"，一方面表明作者对朝廷的忠诚，另一方面又体现了作者收复河山的坚定信心。

全诗气势激昂，字里行间都流露着一股浩然正气和英雄气概，使人读之振奋。数百年来，《满江红》激励了无数的中华儿女，"莫等闲、白了少年头，空悲切"，更是成为人们惜时进取的箴言。

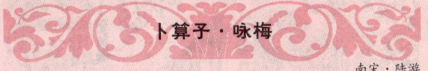

卜算子·咏梅

南宋·陆游

驿外断桥边，寂寞开无主。已是黄昏独自愁，更著风和雨。

无意苦争春，一任群芳妒。零落成泥碾作尘，只有香如故。

【译文】

驿站外的断桥旁边，它孤单寂寞地绽放着，无人照看。黄昏时分已是独自愁苦之时，再加上风雨也来欺凌。

无意争春，任凭百花如何冷嘲热讽。尽管凋落后化成了泥，碾作了尘土，但那清香依旧在。

【赏析】

这是一首相当有名的咏梅词，词人不掩对梅高洁品质的赞美，同时也以梅自况。

上片起句即写梅的生存环境之恶劣，"驿外断桥边"之荒凉，人迹之罕至，最终导致"寂寞开无主"。一朵野梅，在这样一片凄清的环

卜算子·咏梅

最美的词

境中独自开放，无人欣赏，无人采摘。这样也就罢了，待到黄昏独自哀愁之时，又有风雨来袭，真是"屋漏偏逢连夜雨"，境况糟糕至极。然而，身处逆境的梅花并不屈服，即便寂寞，即便无主，依然照开，黄昏的落寞、风雨的摧残自然也奈何它不得。这里词人用"驿外断桥边"、"黄昏"和"风雨"三个景物，凸显反衬了梅的孤独与坚定。

下片词人借梅言志，表达了心中的不屈和坚定。无意争春的梅花在春天只是淡然自若地开着，但苦争的群芳却依然对其嫉妒不已，梅只能随之任之。这里表面写梅，实则人梅结合，词人借梅之身表达了自己不"摧眉折腰事权贵"的高洁品性。然而桀骜不驯的梅花却有着悲惨的命运，风雨中凋残的梅花化成了泥土，被碾成了尘埃。结尾一句"只有香如故"，言梅花身虽没了，但是清香犹在。这再次体现了梅的坚韧，同时也暗含了词人抗金决心永不改变的意思。

整首词运用象征、比拟手法，灵活恰当，人与梅的完美结合，可谓咏梅词中的上乘之作。

钗头凤·红酥手

南宋·陆游

红酥手，黄縢酒，满城春色宫墙柳。东风恶，欢情薄。一怀愁绪，几年离索。错！错！错！

春如旧，人空瘦，泪痕红浥鲛绡透。桃花落。闲池阁。山盟虽在，锦书难托。莫！莫！莫！

【译文】

红润柔软的手，捧出黄封的酒，满城荡漾着春天的景色，宫墙里摇曳着绿柳。东风多么可恶，把浓郁的欢情吹得那样稀薄，满怀抑塞着忧

钗头凤·红酥手

愁的情绪，离别几年来的生活十分萧索。回顾起来都是错，错，错！

美丽的春景依然如旧，只是人却白白相思得消瘦，泪水洗尽脸上的胭红，把薄绸的手帕全都湿透。满园的桃花已经凋落，幽雅的池塘也已干涸，永远相爱的誓言虽在，可是锦文书没有人可以投托。深思熟虑一下，只有莫，莫，莫！

这首《钗头凤》记述了陆游与表妹唐婉的一次别后重逢。唐婉是陆游的表妹，也是著名才女。她与陆游青梅竹马，两小无猜，长大后结为夫妇，感情深厚。但陆母极为厌恶唐婉，并强行拆散两人。陆游迫于母命，万般无奈，便与唐婉忍痛分离。后来，陆游依母亲的心意，另娶王氏为妻，唐婉也迫于父命嫁给同郡的赵士程。几年过后，两人在沈园相见，陆游感慨万千，忍痛挥笔写就了这首《钗头凤》，抒发了词人幽怨而又无处言说的苦痛。

上片感慨往事。起首三句"红酥手，黄縢酒，满城春色宫墙柳"，主要记述了两人婚后甜蜜的感情生活。"东风恶"四句，深切表达了词人与爱妻分离后的苦痛，也暗示了造成词人爱情悲剧的症结所在，这是全词的高潮部分。最后三个"错"字，三字三叹，无限悲情和怨恨尽在其中。

下片从感慨往事回到现实。"春如旧，人空瘦，泪痕红浥鲛绡透"是词人再次看到唐婉后对其形象的素描。春光依旧，只是佳人空瘦，如此憔悴的形象，可见离索的几年，他们都是在痛苦折磨中度过的。"桃花落"四句实写词人与唐婉离别之后的处境。婚姻虽破，感情犹在，当年的海誓山盟犹记心头，只是碍于现状，无法以鸿书寄相思。最后三个"莫"字，依然三字三叹，所有的怨恨和无奈也只有这三个字才能表达，如此悲音任谁闻之不心碎？

整首词富有极强的节奏感，声情并茂，词中未言泪，却尽带泪，未言情，情却深，其中六个叹词尤为出彩，不知不觉把读者带入"无可奈何花落去"的悲凉意境中。

破阵子·醉里挑灯看剑

南宋·辛弃疾

醉里挑灯看剑，梦回吹角连营。八百里分麾下炙，五十弦翻塞外声，沙场秋点兵。

马作的卢飞快，弓如霹雳弦惊。了却君王天下事，赢得生前身后名。可怜白发生！

【译文】

喝醉之后，挑亮油灯，拿出宝剑审视，梦醒后，各军营号角声四起。广布八百里范围的将士分烤肉吃，各种乐器奏出雄壮、悲凉的军歌。秋天，战地上正在检阅军队。

战马像"的卢"那样跑得飞快，弓弦像惊雷那样轰轰作响。本想完成君王托付的收复中原的大业，成就自己千古美名，可惜壮志未酬，头发已花白。

【赏析】

此词作于词人在江西带湖闲居的时候，是为其好友陈同甫作的。词人通过对当年抗金部队豪壮的阵容和气概，以及自己沙场生涯的追忆，表达了收复失地的理想，抒发了壮志难酬、报国无门的感慨。

整首词共十句，结构独特，前九句一气呵成，打破了常规的上下片定格。首句通过"醉里"、"挑灯"、"看剑"三个动作，为我们塑造了一位深夜"醉"后难眠的将军形象。在"挑灯看剑"后，他才安然睡去。他醒来后，号角声吹起，军队井然有序，战士斗志昂扬，将军雄姿英发，在沙场阅兵。"马作的卢飞快"两句是对战场上的情景的描写，"了却君王天下事"两句则写获胜的将军成就了一番功业。但随后笔锋陡转，这一切不过是将军的一种美好理想，白发早生的暮年才是现实，也终究无法实现收复失地的壮志。

本词的前九句确实可被称为紧扣主题的"壮词"，然而末句"可怜白发生"却使整首词的感情由雄壮转化成悲凉，词人也由理想的巅峰突然跌落到残酷现实的谷底。辛弃疾一生的政治理想在现实中幻灭，这同样也是其友人陈同甫的悲愤所在，从中可见当时南宋朝廷的黑暗腐朽，以及众多爱国志士无处报国的苦闷。这种陡转急下的鲜明对比，出乎人的意料，具有扣人心弦的艺术效果，给人留下深刻的印象。

永遇乐·京口北固亭怀古

南宋·辛弃疾

千古江山，英雄无觅、孙仲谋处。舞榭歌台，风流总被，雨打风吹去。斜阳草树，寻常巷陌，人道寄奴曾住。想当年，金戈铁马，气吞万里如虎。

元嘉草草，封狼居胥，赢得仓皇北顾。四十三年，望中犹记，烽火扬州路。可堪回首，佛狸祠下，一片神鸦社鼓。凭谁问，廉颇老矣，尚能饭否？

【译文】

千古江山如在昨天，像孙仲谋一样的英雄却不见影踪，无处可寻。

那时的歌舞楼台，繁华景象，英雄功业都因历史的风雨吹打而随时光流逝了。夕阳照耀着的草木杂乱、偏僻荒凉的普通街巷，人们说那就是当年刘裕曾住过的地方。有谁知道，当年刘裕北伐，兵强马壮，气吞山河，势如猛虎，当时是何等的意气风发。

永遇乐·京口北固亭怀古

元嘉年间，草率出兵，欲在封狼居胥山成就功业，谁想竟落得个仓皇而逃，不敢回顾的下场。从那时到现在已四十三年，向北遥望，还记得当年扬州一带遍地烽火。不堪回首啊，而今中原后魏皇帝佛狸的庙前，香烟缭绕、社鼓隆隆、神鸦乱舞。谁还会来询问，廉颇老了，饭量是否还好？

【赏析】

这首词写于开禧元年（1205年）辛弃疾在宁宗担任镇江知府的时候，当时词人登上京口（今江苏省镇江市）北固山，站在北固亭上俯看着滚滚长江，不禁心潮激荡，于是写下了这篇传诵千古的佳作。本词题为"怀古"，事实上却是借古伤今，抒发了词人壮志难酬的悲愤之情。

词的上片写词人登上北固亭后，由眼前雄壮的江山，产生了对孙权和刘裕的追思，借京口历史英雄的丰功伟业，委婉表达了自己欲抗敌救国、建功立业的急切心情。孙权曾以弱制强，并在京口建都，坐拥东南，形成三国鼎立的局面，然而这样的英雄已经难以找寻，他曾经的辉煌功业也已被风雨冲刷走了。"想当年"三句，称赞了南朝宋武帝刘裕率领北伐军气吞胡虏的雄姿，可如今偏安一隅的南宋统治者却昏庸腐朽、懦弱无能，两相对比，更令人感到悲痛。

词的下片先记述了南朝宋文帝刘义隆元嘉年间北伐失利的历史事件，然后对比古今，生发出对今日南宋朝廷苟且偷安、丧失了多次抗金的良机、自己也难以实现恢复中原之壮志的感慨。"凭谁问"三句则深刻地表达了词人内心的无奈与忧愤之情。

本词紧扣主题，怀古伤今，用典较多，情景交融，思想内涵与艺术性高度统一，具有很强的艺术感染力，堪称佳作。

最美的词

西江月·明月别枝惊鹊

南宋·辛弃疾

明月别枝惊鹊，清风半夜鸣蝉。稻花香里说丰年，听取蛙声一片。

七八个星天外，两三点雨山前。旧时茅店社林边，路转溪桥忽见。

【译文】

月亮升起来，惊醒了正在枝头歇息的鹊鸟，轻轻吹拂的夜风不时送来阵阵蝉鸣。稻花飘香预示着今年丰收有望，耳中传来阵阵蛙声。

七八颗星星稀稀落落地镶在天边，山前洒落了几点细雨。记得以前的茅店就在村庙的树林旁边，可刚跨过溪头，它便出现在跟前了。

【赏析】

本词作于词人村居之时，有着与词人作品中多见的沉雄豪迈不同的词风，在平淡中透着精心的构思与淳厚的情感。

词的上片主要描写了乡村夏夜之景。前两句中月、鹊、风、蝉这些平常的景物，经过词人的巧妙组合，便有了别样的风味。有"明月"、"清风"的夜半之景，也有"惊鹊"、"鸣蝉"的夜半之声，动静相宜、声色相合，使人神往不已。接下来的两句将视线由长空转至田野，由夜间黄沙道上的柔和情趣，转至漫村遍野扑鼻而来的稻花香，还通过稻花香联想到丰收的年景。然而"说丰年"的主体却是那一片蛙声，词人先写"说"的内容，后补"声"的来源，可以说是别出心裁。

词的下片一开始通过对仗手法，为我们树立了一座挺拔峻峭的奇峰。"星"、"雨"与上片的清幽夜色、恬静气氛和乡土气息相呼应。"路转"、"忽见"两个词在写出词人忽见临近旧屋时的欢悦之外，还侧面描摹出了其在稻花香中怡然迷醉的形态，余味无穷，从中可见词人艺术功底之深厚。

整首词前后呼应、笔调轻灵、用语明快、色泽温润，为我们勾画出了一幅乡村夏夜清幽动人的风景画，词人的愉悦之情自然地流露于字里行间。

菩萨蛮·书江西造口壁

南宋·辛弃疾

郁孤台下清江水，中间多少行人泪。西北望长安，可怜无数山。

青山遮不住，毕竟东流去。江晚正愁予，山深闻鹧鸪。

【译文】

郁孤台下奔流不息的赣江水，中间夹杂着多少流离失所百姓的眼泪。翘首遥望西北的旧都长安，只见莽莽群山。

连绵起伏的群山毕竟挡不住滚滚东流的江水。江边日暮，我满心惆怅，耳边传来深山鹧鸪的声声悲鸣。

【赏析】

此词作于辛弃疾担任江西提点刑狱驻节赣州之时。当时词人经过造口，被眼前景物所触动，便在造口的墙壁上题下这首词，抒发了其怀念故土、忧心北伐战争的复杂心情。

词的上片写词人看着眼前汹涌的清江水，不禁联想起当年逃难人民的血泪，对金兵的罪行发出了悲愤的控诉，表达了对失陷于金人的中原大地深深的关切，那逃难人民和词人的眼泪便都包含在那不尽的"行人泪"之中了。"西北望长安"中的"望"字用得极妙，既表达了对沦陷区民众的同情，也抒发了词人盼望收复失地的急切心情，还表现了对南宋朝廷昏庸无能的愁怨与愤恨。

词的下片透过景致抒发词人内心的感情，基调低沉，情感蕴藉。词人以"青山遮不住"起兴，以"青山"暗指投降派，以江水暗指抗金的历史潮流，说明爱国志士与民众的抗金力量和决心是投降派无法阻挡的。"毕竟"两个字表明抗金复国大业一定会遭到投降派的万般阻挠，

菩萨蛮·书江西造口壁

但词人坚信会取得最终的胜利。虽然对未来的胜利充满信心，可是词人没有一味沉醉其中，而是将思绪重新拉回现实中。那苍茫昏暗的江边晚景，深山中传来的鹧鸪凄苦的啼鸣，使词人又不禁愁苦起来。因鹧鸪的啼声有"但南不北"之意，而上片"西北望长安"是以北望结句，下片"山深闻鹧鸪"却以南行收笔，这怎不让人愁肠百结？

整首词开合自如，视野辽阔而落笔精到，词情悲凉沉郁，内涵深刻，读之无不唏嘘感慨。

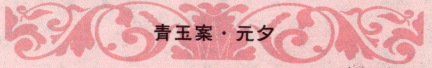

青玉案·元夕

南宋·辛弃疾

东风夜放花千树，更吹落、星如雨。宝马雕车香满路，凤箫声动，玉壶光转，一夜鱼龙舞。

蛾儿雪柳黄金缕，笑语盈盈暗香去。众里寻他千百度，蓦然回首，那人却在、灯火阑珊处。

【译文】

东风一夜之间好像吹开了千树繁花，更吹得烟花漫天，像下起了阵阵星雨。华丽的香车宝马络绎不绝，暗香弥漫在大街上，悦耳的凤箫声四处回荡，月光流转，鱼龙形的彩灯整夜都在空中飞舞。

女子们有的头上插满蛾儿，有的戴着雪柳，有的飘着金黄的丝缕，说说笑笑袅娜轻盈地消失在人海中。我在人群中苦苦寻觅她千百次，猛一回头，却发现她正站在灯火稀疏的地方。

【赏析】

此词描写了元宵佳节夜晚观灯时的盛况，极尽渲染之辞，体现了词

青玉案·元夕

人在仕途失意后仍不忘为国民忧虑、始终坚持信念、甘愿闲居乡野也不屈从于主和派的高尚品质。

　　词的上片着重描写了元宵节灯火的盛景。在词人眼中，那元宵节的灯火，繁盛得如同东风在一夜间吹开了千树万树的花一样，又好似飘落如雨的点点繁星。在街道上，满眼都是繁华热闹的景象，喧嚣的车马行人，动听的阵阵箫声，流转的明月清辉，实在让人应接不暇。

　　在下片一开始，词人忽转笔锋来写人。在元宵佳节的夜晚，赏花灯的妇女们头戴珠翠、穿着盛装，说笑着在人群中穿梭而去，那淡淡的香气也随之慢慢散去。但在热闹的人群中，词人苦苦寻觅"那人"的身影，却找寻不见。当他刚要灰心失望的时候，忽然一回头，却发现他追寻的那个人正在灯火冷清的地方独自一人伫立！整首词至此戛然而止，给人们留下了无穷的想象空间。

　　词的最后一句是点睛之笔，前面对花灯和众人的描述都是在为"那人"作铺垫和陪衬。词人并未明确指出"那人"是谁，但在"那人"身上，词人却寄寓了自己孤标傲物、不堕俗流的高洁品格。

　　这首词构思新颖巧妙，语言精致，含蓄婉转，余味无穷。王国维曾在《人间词话》中以此词高妙悠远的意境来喻事，可见此词不愧为辛弃疾脍炙人口、传颂千古的名篇。

丑奴儿·书博山道中壁

南宋·辛弃疾

少年不识愁滋味，爱上层楼。爱上层楼，为赋新词强说愁。

而今识尽愁滋味，欲说还休。欲说还休，却道"天凉好个秋！"。

人年少时不知道忧愁的滋味，喜欢登高远望。喜欢登高远望，为写一首新词无愁而勉强说愁。

现在尝尽了忧愁的滋味，想说却说不出。想说却说不出，只好说道："好个清凉的秋天呀！"

【赏析】

此词作于词人遭弹劾免职，在带湖闲居之时，当时词人为了排遣心中的愁思，便在博山道中壁上题下了这首词。

词的第一句是上片的核心所在，忆起少年时代思想单纯，缺少对"愁"的真切感受，不知什么是"愁"，于是为效仿前代作家抒发"愁"，就"爱上层楼"，寻找愁绪。然后重复"爱上层楼"一句，领起下文，写为了抒发"愁"而无愁觅愁、勉强说愁，完整而真实地写出了少年时代"不知愁"的状貌。

词的下片与上片紧密对应，写随着年龄的增长，词人对"愁"有了切身感受，但是欲言又止。词人终生都在为恢复中原而努力，力主抗战，却屡遭投降派的排挤，心中充满壮志难酬的苦闷。一个"尽"字将词人复杂的感受表达了出来，是全词在思想感情上的一个转折。尾句"天凉好个秋"，表面看上去轻松洒脱，实际上却饱含深沉含蓄的愁思。当时投降派把持朝政，词人虽有满腔忧国伤时的愁思，却不便直接抒发，不是"欲说还休"，就是只能转而说天气，将内心深沉的"愁"委婉地表达出来。

全词突出渲染了一个"愁"字，并以此为线索层层铺展，感情真挚而委婉，词情曲折动人，言浅而意深，将词人大半生的经历感受高度概括出来，耐人玩味，堪称"愁"绝！

扬州慢·淮左名都

南宋·姜夔

淳熙丙申至日，余过维扬。夜雪初霁，荠麦弥望。入其城则四顾萧条，寒水自碧，暮色渐起，戍角悲吟。余怀怆然，感慨今昔，因自度此曲。千岩老人以为有黍离之悲也。

淮左名都，竹西佳处，解鞍少驻初程。过春风十里，尽荠麦青青。自胡马窥江去后，废池乔木，犹厌言兵。渐黄昏、清角吹寒，都在空城。

杜郎俊赏，算而今、重到须惊。纵豆蔻词工，青楼梦好，难赋深情。二十四桥仍在，波心荡、冷月无声。念桥边红药，年年知为谁生？

【译文】

扬州是淮河东部的名都，竹西亭是扬州的风景名胜，暂且在这里下马稍作休息。经过昔日春风怡荡的十里繁华旧境，到处长满了青青野麦。自从金兵南渡之后，城池废毁，乔木凋零，人们皆厌恶谈论战火刀兵。黄昏渐近，凄清的号角吹送着寒冷，传遍了整座空城。

杜牧曾最善称颂扬州，料想他今日故地重游，也一定会大吃一惊。纵有赞美"豆蔻"芳华的精工丽词，歌咏青楼一梦的绝妙才能，面对眼前景象也定难再抒深情。二十四桥依旧，微波荡漾，月色清冷，寂静无声。那桥边的红芍药，年年花叶繁茂，不知道是为谁而生？

【赏析】

自从金兵南侵，扬州几经战争摧残，最终成为一座空城。淳熙三年（1176年），姜夔第一次到扬州，看到眼前的景色，不禁感慨万千，于是写下这首词。

上阕写历经战乱之后的扬州，借景抒情，表达了往事不堪回首的悲凉。词以叙事开篇，点出了本词的创作背景。"淮左名都"是说扬州是历史上有名的繁华之都；"竹西佳处"一句化用杜牧《题扬州禅智寺》诗："谁知竹西路，歌吹是扬州"，写扬州曾有的优美风光；"过春风十里"以下六句写词人初到扬州城看到的现实景象，经过金兵的摧残，扬州已没有往日的风光，处处可见战乱留下的痕迹，满眼苍凉和落拓。词人以"青青"这种凄艳的色彩，表达了对青山故园的怀念。"废池"写出金兵对扬州的摧残之深，"乔木"寄托了对故国的依恋之情。此情此景，让词人感到"犹厌言兵"。末三句转从听觉角度描写扬州这座空城，渲染了萧条的气氛，也烘托出词人内心的忧愁和悲凉。

下阕设想杜牧再到扬州的情景，表达了今不如昔的感伤。词人写杜牧"重到须惊"，假想扬州如今的衰败景色，定会让杜牧无心勾栏寻梦，从而将唐宋两朝时空沟通开来，词意愈加深沉凝重。扬州在唐朝时有"二十四桥"，而如今早已不复存在，但词人仍说其在，实为以乐写哀。末四句以景寄情，表达了词人深沉的悲痛以及对战乱的哀伤之情，融写景抒情于一体，景中有情，情中有景。

整首词有虚有实，有情有景，化用杜牧的诗句融入自己的词，不愧为宋词中感怀时事的佳作。

踏莎行·燕燕轻盈

南宋·姜夔

自沔东来，丁末元日至金陵，江上感梦而作。

最美的词

燕燕轻盈，莺莺娇软，分明又向华胥见。夜长争得薄情知，春初早被相思染。

　　别后书辞，别时针线，离魂暗逐郎行远。淮南皓月冷千山，冥冥归去无人管。

踏莎行·燕燕轻盈

像燕子般体态轻盈，像黄莺般软语娇啼，分明又在梦中和你相见。你怪我薄情不知你长夜难眠，你说一开春就被相思熬煎。

我千百遍读你别后来信，仍穿你分别时缝制的衣衫，时时感到你的离魂就在身边。一轮冷月映照淮南青山，你的梦魂悠悠归去无人相伴。

【赏析】

姜夔一生流浪江湖，处处留情，写下了许多动人的情词。他的情词不同于其他同类词作的艳丽妩媚，而以深情含蓄取胜，在情词中自成一家。本词以梦述说对情人的怀念，在艺术构思和表现手法上别具一格。

上片写梦中与情人相见的情景。前两句并未点明是梦境，而是着力写情人如燕子一般轻盈的体态，如黄莺一般娇软甜美的声音，好像情人近在眼前。"分明又向华胥见"一句点破前两句写的是作者的一场梦。末二句写情人在梦中的自述，婉曲地表达了相思之情。此二句以情人的怨反衬词人为相思所累的愁苦，从而表现出怨之深，作者功力可见一斑。

下片写梦醒后的情景。前两句睹物思人，看见别后情人寄来的书信和别时情人赠送的衣衫，心中柔情百转，虽未直接言情，却让人感觉情深意切，字里行间皆是情语，皆是相思。"离魂暗逐郎行远"一句，承接上片梦境，用"倩女离魂"的典故，进一步从情人的角度抒写了相思之情。即使灵魂脱体，也要飞越千山万水追随情郎，但追随情郎来到远方的结果却是："淮南皓月冷千山，冥冥归去无人管。"作者想象情人魂魄离开时的情景，离魂冒着寒夜冷月追寻情郎，最终却悠悠归去，无人陪伴。作者对情人强烈的愧疚之感跃然纸上，让人为之动容。

全词布局严谨，境界空灵高远，妙在自然天成。

虞美人·少年听雨歌楼上

南宋·蒋捷

少年听雨歌楼上，红烛昏罗帐。壮年听雨客舟中，江阔云低、断雁叫西风。

而今听雨僧庐下，鬓已星星也。悲欢离合总无情，一任阶前点滴到天明。

【译文】

年少的时候，歌楼上听雨，红烛盏盏，昏暗的灯光下罗帐轻盈。人到中年，在异国他乡的小船上，看濛濛细雨，茫茫江面，水天一线，西风中，一只孤雁阵阵哀鸣。

而今人已暮年，两鬓斑白，独自一人在僧庐下，听细雨点点。回想起人生悲欢离合的经历，还是让小雨下到天明吧。

【赏析】

这是一首借听雨简述生平的词，词人通过对自己少年、壮年、暮年三个阶段听雨时的情景和心情的对比描写，简述了自己历尽悲欢离合的一生，抒发了对年华易逝、岁月无情的感慨。

上片分别写词人少年、壮年时听雨的情景。少年时听雨是在歌楼上，面对的是红烛、罗帐和俊俏歌女。一句"红烛昏罗帐"，活脱脱勾勒出一个正值青春年少、风流倜傥、纵情享受的少年郎形象。其后即写壮年时的情景。壮年时听雨是在客舟中，仅是地点的转换，气氛就从温馨转至悲伤。"客舟"暗示词人过着漂泊不定的生活。而客舟中的词人，看到宽阔的江面和低压的云层，听到远处伴着西风传来的声声雁叫，心中的感慨不言自明，相对于少年时的无忧无虑，现在的词人则是满心的离愁别绪。

　　下片先写暮年时的听雨情景，而后总体抒情。词人暮年时听雨是在僧庐中，此时宋朝已经灭亡。相对于客舟，僧庐更加冷清凄凉。"鬓已星星也"一句与"僧庐"和"听雨"交相呼应，它们组合在一起，展现出一幅凄凉、萧索的画面。结尾三句，词人进行总括，同时抒情。"悲欢离合总无情"是词人的感慨。词人漂泊一生，潦倒一生，历尽悲欢离合、国破家亡，心中积蓄了万千离愁，本是情深至极，却反说"无情"，实是无可奈何之语。正因有情，正因情深，故而伤心难过，既然如此，不若无情。"一任"两句是词人经历了种种漂泊和离别之后，发出的无声感慨。

　　本词构思精巧，层次分明，词人仅用三个简单的场景描写，就将一生的经历交代清楚，含蓄隽永，功力不凡。

明清

临江仙·滚滚长江东逝水

明·杨慎

　　滚滚长江东逝水，浪花淘尽英雄。是非成败转头空。青山依旧在，几度夕阳红。

　　白发渔樵江渚上，惯看秋月春风。一壶浊酒喜相逢。古今多少事，都付笑谈中。

临江仙·滚滚长江东逝水

滚滚长江，汹涌东逝，不可拒，不可留。浪花飞溅，千古英雄在个中湮没不闻。对也罢，错也罢；成也好，败也好，功名，事业，一转眼就随江水流逝，烟消云灭，不见踪影。只有青山仍旧矗立眼前，看着一次又一次夕阳西下。

江上白发的渔夫，看惯了秋月春风，世事变迁。与朋友相逢，畅饮一壶水酒。古今兴亡事，都成为世人茶余饭后的谈资，且谈且笑，痛快淋漓。

【赏析】

本词原本是杨慎晚年所写通俗说唱之作《廿一史弹词》中第三段《说秦汉》的开场白，后来被清人毛宗冈引用为《三国演义》的卷首语，使得这首词广泛流传。

本词开篇由大处着手，以滚滚东流的长江水比喻国家兴亡的历史，以澎湃的浪花比喻英雄们叱咤风云的功业，意境雄浑。"是非成败转头空"一句读完，一种看破尘世的苍凉、悲壮之感油然而生，此句既是千古英雄成就功业之后寂寞、孤独心境的写照，又表现出高士淡泊名利、超然物外的品质，体现了词人豁达的人生观。"青山依旧在，几度夕阳红"寓理于景，虽只说青山和夕阳都不会随朝代改变，但人生易逝的悲伤情感已弥漫其中。下阕描绘了一名白发渔翁的形象。他早已习惯了"秋月春风"，冷眼旁观，有超然物外的胸襟，"不以物喜，不以己悲"，所以才有"古今多少事，都付笑谈中"的洒脱。这是词人毕生所追求的理想的人生态度。

这首词的意象，"长江"、"逝水"、"浪花"、"英雄"、"青山"、"夕阳"、"渔樵"、"江渚"、"秋月"、"春风"、"浊酒"等，分别以"滚滚"、"淘尽"、"转头空"、"依旧在"、"几度"、"惯看"、"喜相逢"、"笑谈"等词汇修饰，动静结合，给人以浑然天成之感，读完有"文章本天成，妙手偶得之"的赞叹。

长相思·山一程

清·纳兰性德

山一程，水一程，身向榆关那畔行，夜深千帐灯。

风一更，雪一更，聒碎乡心梦不成，故园无此声。

【译文】

山重山，水重水，一程又一程，我往山海关前行。夜已深，宿营帐里点亮了千盏明灯。

风雪阵阵，一更又一更，使我乡心碎乱，乡梦难圆，家乡何曾有这样聒耳的风雪声？

【赏析】

本词是一首描写行军途中思乡之情的传世名篇。作者纳兰性德，字容若，满族正黄旗人，康熙年间进士，一等侍卫。他鞍马一生，所写词作多表思家怀乡之情。这首词作于康熙二十一年（1682年），当时他正随康熙皇帝出山海关，祭祀长白山。

词的上阕从"山一程，水一程"起笔，表明自已离家之远，寄托的是亲人送行的依依惜别之情。天涯羁旅词最能引发人们共鸣的是身处异乡、漂泊不定、梦回故乡的意境。本词亲切自然，无刻意雕琢之感，词句缠绵，却无颓废之感，男儿的铁胆柔情尽显其中。"身向榆关那畔行"抒发的是"万里赴戎机，关山度若飞"的萧萧豪情；"夜深千帐灯"催生的是"大漠孤烟直，长河落日圆"的壮烈情怀。

词的下阕一开始便是"风一更，雪一更"，既写出了环境的苦寒，又暗示词人对风雨兼程人生路的深深体验。风雪交加，使得词人难以入睡，梦不成，更增思乡意，词人对人生的感悟，对故乡的缅怀都在寥寥数语中诉说殆尽。最后一句"故园无此声"将怀乡之情推向了高潮。

这首词以高超的白描手法写出，不加粉饰，天生丽质，鲜明真切，感人至深。

木兰花令·人生若只如初见

清·纳兰性德

人生若只如初见，何事秋风悲画扇？ 等闲变却故人心，却道故人心易变。

骊山语罢清宵半，泪雨零铃终不怨。 何如薄幸锦衣郎，比翼连枝当日愿。

【译文】

如果与相爱的人相处永远像刚认识时那样，就不会出现班婕妤被汉成帝抛弃的事了。等到负心郎变心的时候，却说情人之间出现这种事是很平常的。

当年唐明皇与杨玉环也是许下盟誓，而后却赐死贵妃，如此诀别却不生怨。现在我的这个薄情郎还不如当年的唐明皇，曾许下"在天愿作比翼鸟，在地愿为连理枝"的愿望。

【赏析】

这是一首拟古词。这首决绝词以被抛弃女子的口吻来控诉负心的

木兰花令·人生若只如初见

恋人。

　　词的前两句写如果两情相悦的恋人永远像刚相识时那样，保持着一种若即若离的美好感情，那么就不会出现"秋风悲画扇"这种事了。此处用了一个典故，汉成帝曾经宠爱的妃子班婕妤受到赵飞燕诬陷，被打入冷宫，遂作《怨歌行》抒发自己被抛弃的怨恨之情。

　　词的下部分又用了一个典故，唐明皇与杨贵妃当年在长生殿中海誓山盟，愿世世代代做夫妻，结果安史之乱时，杨玉环被赐死于马嵬坡，但杨玉环并不怨恨。词这里要说明的是，相爱的人如此诀别也不生怨恨，而词中的"薄情郎"却背弃当时的诺言。此词浅显易懂，而又不乏哲理，很容易让人感受到此女子内心的怨恨之情，凄婉动人。

江城子·花开花落一年中

清·顾太清

花开花落一年中，惜残红，怨东风。恼煞纷纷，如雪扑帘栊。坐对飞花花事了，春又去，太匆匆。

惜花有恨与谁同！晓妆慵，特愁侬。燕子来时，红雨画楼东。尽有

江城子·花开花落一年中

春愁衔不去，无才思，是游蜂。

【译文】

　　一年当中花开花落，让人怜惜飘落的残花，怨恨袭来的东风。空中飞舞的柳絮也令人生厌，像雪一样扑在窗棂上。坐看繁花的败落，美好的春光就这样匆匆而去。

　　和我一样怜惜春天的还有谁呢？清晨实在愁苦，懒得梳妆。燕子归来时下起了细雨，它衔不去无尽的春愁，只有无才思的游蜂嗡嗡嗡叫个不停。

【赏析】

　　这首词描写了一个惜春之人对春的眷恋之情。作者顾太清，名春，字梅仙，原姓西林觉罗氏，满洲镶蓝旗人，清代著名女词人。她作诗词全凭才气，不摆"唐模宋轨"的架子，潇洒自如。她著有词集《东海阁集》和诗集《天游阁集》。有人说："八旗论词，有'男中成容若，女中太清春'之语。"她不愧为大清第一才女。

　　作者在此词中直接抒发心中情感。怜惜春花，怨恨东风，春天归去如此匆匆，让她感到烦恼。而和她一样怜惜春天的还有谁呢？自己心中满是春愁，连妆也懒得化了，纵有燕子飞往，也还是带不走心中的烦愁，而嗡嗡叫的蜜蜂更加增添了这种烦愁。整首词通俗易懂，又耐人寻味。

唐多令·柳絮

清·曹雪芹

　　粉堕百花洲，香残燕子楼。一团团、逐对成球。飘泊亦如人命薄：空缱绻，说风流！

草木也知愁，韶华竟白头。叹今生、谁拾谁收！嫁与东风春不管：凭尔去，忍淹留！

【译文】

　　飘零的柳絮坠落在百花盛开的地方，绣楼上的繁花也开始败落。一团团柳絮在空中滚成圆球。四处漂泊的柳絮就像红颜薄命的人儿：情意深深，却空有风流之名！

　　无情的草木也知道忧愁，时光飞逝竟然也愁白了头。叹息自己的一生无依无靠，终了谁来拾收。柳絮被无情的东风吹落，春天却全然不顾：凭你去吧，又将到达什么地方！

【赏析】

　　作者曹雪芹，名霑，字梦阮，号雪芹、芹圃、芹溪，我国伟大的现实主义作家，著有《红楼梦》。在《红楼梦》中，他通常用诗词塑造人物形象，突出人物性格，具有极高的艺术特点。这首《唐多令·柳絮》就是《红楼梦》中的林黛玉所作，通过这首词可以感受到黛玉对自己未来的预感。

　　词的开头就写到处漂泊的柳絮，居无定所。这引发黛玉的感慨，这些游离的柳絮就像她自己一样四处漂泊、寄人篱下、命运坎坷。词的下部分，直接抒发了

最美的词

一五三

她内心的感慨，草木也知愁，正如她一生孤苦伶仃，在现实面前也无能为力，不知道最后"谁拾谁收"。而这些也正映射了黛玉一生的悲苦命运，红颜薄命而又孤独哀伤。这首词缠绵感伤，让人读了不禁感到难过、悲凉。整首词抒发黛玉内心的愁思悲苦，感人至深，也能体现黛玉的性格特点。

沁园春·雪

毛泽东

北国风光，千里冰封，万里雪飘。望长城内外，惟余莽莽；大河上下，顿失滔滔。山舞银蛇，原驰蜡象，欲与天公试比高。须晴日，看红装素裹，分外妖娆。

江山如此多娇，引无数英雄竞折腰。惜秦皇汉武，略输文采；唐宗宋祖，稍逊风骚。一代天骄，成吉思汗，只识弯弓射大雕。俱往矣，数风流人物，还看今朝。

【译文】

千里寒冰封冻，万里白雪飞舞，这就是北方的冬景。眺望长城内外，冰天雪地，一片苍茫之色。黄河上下，汹涌澎湃的水势暂时遁去。群山披雪，好似银蛇舞动；高原覆冰，犹如蜡象奔驰，它们都想和苍天一争高下。等到雪后初晴，看红日白雪相互映衬，景色格外妖娆壮观。

江山如此壮美，使得不计其数的英雄人物为之倾倒。可惜秦始皇、汉武帝文治稍差；唐太宗、宋太祖，文才不足。一代天骄成吉思汗也只重视武功，忽略文治。他们都成为历史了，真正能够称得上英雄人物的，还要看今天的无产阶级革命英雄。

【赏析】

这首词写于1936年2月，当时遵义会议刚结束不久，毛泽东在中国共产党内的领导地位在会上得以确立。当时毛泽东正在陕北，欲率军渡过黄河奔赴河北抗日前线，在清涧县遇上一场大雪，雪后他来到白雪覆盖的塬上勘察地形。面对如此景色，他心生感慨，即兴而作此词。此词表达了他坚定的革命信念和远大的抱负。

词的上阕是景物描写。起首三句以短短十几字概括了北方冬景豪迈、壮观的特点。随后以"望"字总领，具体描写长城内外、大河上下、山川、高原被冰雪覆盖的景色，凸显北国雪景的壮观。"须晴日，看红装素裹，分外妖娆"是由实写转入虚写，是词人的想象，勾画了雪后初晴时，红日白雪相互映衬的壮丽景色，表现了祖国山河的壮丽多姿，有承上启下的作用。

词的下阕由感慨起笔，借由对祖国山河如此妖娆美丽的感慨，引出历史人物的丰功伟业，并对他们加以评析。"惜"字总领随后七句，对秦始皇、汉武帝、唐太宗、宋太祖、成吉思汗等历史上的风云人物作了简要评析，指出他们武功有加，文治不足。词人以此为铺垫，引出新时期英雄人物的标准是文治武功兼备。"俱往矣，数风流人物，还看今朝"是对时局的感叹，激励人们奋勇向前，建功立业，争做这大好河山的主人，非常具有号召力，突出了全词主旨。

整首词集写景状物、抒情议论于一体，表现了无产阶级革命者的凌云壮志、宏大抱负，大气磅礴，让人读后心潮澎湃。

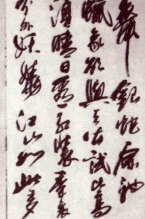

沁园春·雪

书目